Robert Deuml

Schweinerei

Short Storys
über die sogar die Götter lachen

Impressum

Bibliografische Information der Deutschen Nationalbibliothek
Die Deutsche Nationalbibliothek verzeichnet diese Publikation
in der Deutschen Nationalbibliografie; detaillierte bibliografische Daten sind im Internet über http://dnb.dnb.de abrufbar.

1.Auflage August 2018

Herstellung und Verlag
BoD – Books on Demand, Norderstedt

ISBN: 978-3-7528-4211-1

Inhaltsverzeichnis

1 Psycho-Affen auf Freigang

„Nehmt die Menschen so wie sie sind, denn andre gibt es nicht!"

Dies waren die seligen Worte des ersten deutschen Bundeskanzlers Konrad Adenauer. Eigentlich hätte er Recht damit gehabt, nur wie soll sich die Menschheit vor denen schützen, die jeden Tag unsere Nerven strapazieren? Ich meine damit erzkonservative Spießbürger oder staatlich anerkannte Faulenzer. Diese Herren haben alle eines gemeinsam: sie haben die Tendenz, alles besser zu wissen! Und was ist ihr tatsächliches Wissensgebiet? Sie wissen nur eines. Entweder nichts, oder und das ist schlimmer als alles andere, sie geben sich regelmäßig Ratschläge mit dem Motto:

„Wie bescheißt man die Sozialkasse unseres tollen Landes?"

Sie schimpfen über den Sozialstaat Deutschland, leben aber auf Kosten der Steuer zahlenden Bürger.

Das illustre Völkchen der Nervenmörder bewegt sich vornehmlich in Institutionen in denen ihre Pseudo-Wissenschaften über die derzeitige Politik unters das Volk bringen kann, oder sie debattieren über die Rettung unseres Planeten.

Am besten lässt es sich bei Bier, Wein und Schnaps diskutieren. Und manchmal ziehen die sich die eine oder andere Haschtüte rein. Die psychedelische Wirkung jenes Krautes verstärkt das Wissen über „Nichts".

Nur sollte auf ihrem Weg keine Möglichkeit bestehen, dass man sie mit dem widerwärtigen Wort Arbeit konfrontiert. Sein Geld mit Rückgrat schindender Beschäftigung zu verdienen ist wahrhaft nur für jenen Herrschaften vorbehalten, die zu dumm sind, ihren Lebensunterhalt auf unehrenhafter Weise zu verdienen.

Einen solchen Ort der von diesen nutzlosen Geiern zuhauf bevölkert wird gibt es in unserer beschaulichen Kleinstadt.

Eine Eisdiele mit dem Namen Piccolino.

Das Piccolino ist der Treffpunkt aller chronischen Nervensägen die zudem auch noch mit einer ausgiebigen Arbeitsscheu gesegnet sind. Einen solchen Herrn des sinnlosen Wortes ausfindig zu machen ist sehr einfach. Man setze sich an einem leeren Tisch und legt sein allerliebstes Seelchengesicht auf. Dann heißt es warten. Es wird nicht allzu lange dauern, dass sich ein solcher Wortterrorist bemüht, Sie kennenzulernen. Sich hier einen Kaffee zu bestellen bedeutet dass man mit nackten Füßen auf glühenden Kohlen umherirrt.

Es beginnt damit, dass ein solcher hochgeistiger Penner mit eingeschränkter Gehirnmasse fragt,

„Mein Herr, darf ich mich Ihnen vorstellen? Ich heiße Franz. Ist es mir erlaubt, sich zu Ihnen an den Tisch zu setzen?"

Bis jetzt haben Sie noch die Möglichkeit, dem bevorstehenden Chaos zu entrinnen. Vorsicht sei geboten, wenn Sie jetzt ja sagen. Glauben Sie mir, der Kerl hat Sie als sein nächstes Opfer anvisiert.

Sie Armer, Sie stehen kurz davor wie eine wehrlose Fliege im Netz einer hungrigen Kreuzspinne zappelnd um Hilfe zu schreien.

Ein solches Martyrium wurde mir in letzten Sommer mitten im August zuteil. Um Sie vor einem solchen Nervenmörder zu bewahren, erzähle ich euch diese Story.

Ich war mit dem Gedanken in einer wohlbehüteten Traumwelt als mich dieser besagte Herr Franz bat, an meinem Tisch Platz zu nehmen. Hätte ich gewusst, was mich von diesem Pennbruder erwartet, hätte ich glatt „Nein" gesagt. Aber, was soll ich sagen? Manchmal geht meine Gutmütigkeit mit mir durch! Ich sagte: „Ja!"

Mit einer weiteren belanglosen Frage wagte sich der Angreifer erneut in Ihr Leben:

„Mein Herr", wird er noch in einem sensiblen Unterton beginnen,

„wie wird das Wetter die nächsten Tage? Bleibt es schön oder könnte es sein, dass es irgendwann zu regnen beginnen wird?"

(Was für eine scheinheilige Frage, wo doch keine einzige Wolke am Himmel zu sehen war).

Für mich ist Vorsicht geboten! Ich weiß aus Erfahrung, wenn ich mich in das Gespräch des Typen einklinke und antworte, habe ich verloren.

„Och, ob es regnet oder schön bleibt, weiß ich nicht", antwortete ich aus purer Höflichkeit.

Spätestens jetzt habe ich dem wortgewandten Redner das Zeichen erteilt, dass er mich mit seinem Seelenmüll über alles, was in dieser Welt schiefgeht, zutexten darf. Natürlich ist das heutige Wetter nur eine weitere Folge menschlichen Versagens. Scheint die Sonne, gibt es nach Meinung des Quatschers eine unlösbare Klimaerwärmung **(als ob wir das noch nicht wüssten)** und regnet es, bedeutet dies, dass eine verheerende Sintflut über die Menschheit hereinbricht. Egal wie das Wetter gerade ist, es hat immer was mit dem nahenden Weltuntergang zu tun!

„Mein Guter", fragte der Besserwisser,

„Sie trinken ja Kaffee?"

„Ja, warum nicht", gab ich logischerweise Antwort.

„Wissen Sie eigentlich, wie viel Wasser für ein Kilo Kaffeebohnen verbraucht wird?"

„Nein", sagte ich.

„Viel zu viel!", antwortete mir mein Gegenüber.

Immer noch unwissend fragte ich weiter,

„Ja, um wie viel Liter handelt es sich nun?"

„Mehrere hundert Liter bestimmt! Die genaue Menge konnte anhand wechselnder Niederschläge nicht genau errechnet werden. Aber auf der anderen Seite unseres Globus müssen die Beduinen in der Sahara mit gerade mal zwei Liter Wasser am Tag auskommen. Jetzt wissen Sie Bescheid, was so ein Kaffeestrauch an der weltweiten Natur alles anrichten kann!"

„Aha", denke ich mir.

Auf einmal sieht mich dieser Kerl mit weit aufgerissenen Augen an. Wie aus der Pistole geschossen, schreit der Kerl um sich:

„Mann, was seh ich da, Sie geben Milch in ihrem Kaffee!"

„Ja, warum nicht?", fragte ich,

„was soll so verkehrt daran sein, wenn man seinen Kaffee mit Milch veredelt?"

„Milch aus dem Supermarkt ist ein Frevel für die Milch produzierenden Milchbauern. Dieser gebeutelte Berufsstand bekommt gerade mal zweiunddreißig Cent für den Liter bester Almmilch. Überlegen Sie mal, bei diesen Preisen müssen die Bauern wohl verhungern."

„Aber ich nehm' doch nur ganz wenig", entschuldigte ich mich.

„Auch das wenige ist immer noch zu viel", wurde ich von Gesprächspartner zurechtgewiesen.

„Allein, wenn ich daran denke, was alles an Chemie in unserer Milch ist, bekomme ich einen Kotzanfall. Mein Lieber, Sie sollten anstatt Supermarktmilch Biomilch verwenden! Da....."

„Um welche Chemie handelt es sich?", fragte ich.

„Mein Herr, bitte unterbrechen Sie nicht andauernd meine Erläuterungen", wurde ich von Herrn Franz angefahren.

Ich wusste es, ich werde keine weitere Chance mehr bekommen um freche Antworten zu geben. Der Herr gegenüber erlaubte mir nur noch, dass ich bejahend mit dem Kopf nickte.

Zuhören und den Mund zuhalten war von nun an angesagt!

„Mein Guter", sprach der Kerl,

„glauben Sie mir, in diesem Metier kenne ich mich aus. Ich weiß was Chemie alles an Krankheiten verursachen kann. Schließlich habe ich an der Münchner Uni Medizin studiert!"

„Wie, Sie sind ein Mediziner", fragte ich den Herrn respektvoll.

„Nur etwas", gab der Angesprochene zur Antwort.

„Ich hab nach zwei Jahren das Studium hingeworfen."

„Warum?"

„Ich wurde von der Uni gefeuert. Wahrscheinlich war ich den Dozenten zu Intelligent. Was auch immer, nur weiß ich von den Machenschaften der Chemielobby Bescheid. Gesundes Essen? Ha, das ich keinen Lachkrampf bekomme! Wenn Sie nur wüssten was alles in unserer Nahrung so alles Ekelhafte rumdümpelt, würden Sie das hochgiftige Zeug nicht mal einer hungrigen Ratte anbieten. In der Milchjauche schwimmen sämtliche Schwermetalle wie Blei, Kadmium, und Zink. Wer im Gottes Namen will sein Kind mit dieser widerlichen Brühe vergiften? Und die armen Milchkühe erst! Diese edlen Geschöpfe werden wie ein mechanisches Gerät ausgebeutet. Von wegen glückliche Tiere die auf ei-

ner paradiesischen Almwiese grasen. Bla, bla, bla."
Der Kerl redet sich in Rage. Und ich? Ich durfte seinen temperamentvollen Erläuterungen ohne zu unterbrechen zuhören.

In einer kurzen Unterbrechung fragte mich der vergeistigte Redner:

„Mein Herr, ich bin momentan etwas klamm was meine Finanzen betrifft, würde es Ihnen allzu viel Probleme bereiten, mich zu einem Bier und einem Korn einzuladen?" **(Ha, der Halbzeitakademiker kann nicht nur flotte Reden schwingen er kann auch gut saufen.)**

Natürlich werde auch ich als gutmütiger Narr vom Mutter Theresa-Gen ergriffen und gerne bereit sein, seinem Hobby Nahrung zu bieten.

Nur, und das ist Tatsache, wird es bei einem Bierchen, und Schnäpschen nicht bleiben! Am Ende des Abends wird der Schlucki besoffen und ich werde pleite sein. Aber bis dahin vergeht noch einige Zeit.

Das erste Bier kann er nur mit Strohhalm trinken.

Warum?

Wegen der Bierflecken auf seiner Hose, hervorgerufen durch zittrige Hände. Aha, ein alles wissender Alki! Nach der ersten Halbe Bier kommt dem Franz eine weitere Leidenschaft des Herrn Franz zu Tage. Mit der linken Hand greift Franz in seine Westentasche fummelt einige verrauchte Kippen heraus, die er sicher zuvor auf den Straßen eingesammelt hatte, öffnet sie, bröselt das Kraut in ein Zigarettenpapier und lässt den Rauch durch seine Lungenflügel ziehen. Der Kerl ist sich zu gar nichts zu schade! Nach einigen Zügen begann er seine Wortkanonen fortzuführen:

„Ich sag' Ihnen was! Dass die Meere über und über mit Wohlstandmüll verdreckt ist, ist die Schuld von der Kunststoffindustrie. In naher Zukunft stirbt alles Leben darin. Und wir? Wir sind schuld daran. Wenn wir nicht bald, bla, bla, bla ....! die Menschheit stirbt aus, sag ich Ihnen!"

Ich verstand kein einziges Wort, was mir der Schluckspecht Franz an Endzeitszenarien prophezeite. Erst beim näheren Hinsehen bemerkte ich, was für ein quasselnder Narr er war. Er, der Schöngeist, trägt doch tatsächlich eine Plastikeinkaufstüte unterm Arm!

Nach einem weiteren Bierchen, das natürlich ich bezahlen durfte versprach er mir, das er sich irgendwann revanchieren werde und bis es soweit ist sollte ich mich glücklich schätzen, in ihm einen solch Intellektuellen Gesprächspartner gefunden zu haben!

„Mein Herr, sagen Sie doch auch mal was! Sie dürfen gerne der Kellnerin zuwinken das sie mir ein Bier an den Tisch bringt. Danke!"

Wau, ich darf auch mal reden! Wenn auch nur zu Gunsten meines neugewonnenen Kumpels!

„Wo war ich stehengeblieben?", fragte mich Herr Franz.

„Sie schimpften auf die Kunststoffindustrie", antwortete ich.

Mit einer Inbrunst und Beharrlichkeit, die nur kastrierten Ochsen zu Eigen sind, redete dieser krankhafte Schwätzer wie ein lebendes Dudenlexikon auf mich ein.

Und ich verdrehte vor Langeweile und Frust meine Augen in alle Richtungen. Ich bin ja selber schuld, warum musste ich auch jenem Herrn erlauben, sich zu mir an den Tisch zu setzen? Mit der Zeit hatte ich das Gefühl, meine Ohren würden zu glühen beginnen.

Ein Solcher ist eine wahre hirnfressende Schwätzmaschine!

Doch das Highlight des Tages sollte erst noch kommen. Einer von dieser Sorte ist schon viel, aber zwei?

Herr Franz sah von weitem einen Kollegen, ohne Chance einer Gegenwehr rief er ihm zu uns an den Tisch. Ich denke mal, es ist ein Nachbar von Herrn Franz. Wahrscheinlich leben die Beiden im Stadtpark und teilen sich eine Parkbank.

Mit diesen Helden habe ich mit beiden Händen in die virtuelle Tombola aller Pechvögel gegriffen und dabei die berühmte Arschkarte gezogen.

Geschieht mir recht so, Gutmütigkeit gehört eben bestraft!

Herr Franz nennt seinen Freund, der sicher vor kurzem in der Jauchegrube gebadet hatte, Egon. Ohne schüchtern zu sein, ergriff Egon sofort das Wort:

„Mein Herr, finden Sie nicht auch, dass wir in Deutschland zu viele Asylanten und Ausländer durchfüttern?"

Vorsicht ist nun angebracht, denn jetzt heißt es das richtige Wort zu finden! Ich zuckte mit den Schultern, versuchte, schaffte aber nur einen halben fast unhörbaren Satz:

„Nein, das finde ich nicht, ich....."

Wie Sie sich denken können, wurde meine Rede jäh unterbrochen. Da ich mich jetzt an zwei Meinungen orientieren kann, wird man mich mit unlauteren Vorwürfen überschütten.

„Wie?", rief Herr Franz,

„Mehr haben Sie zu diesem heiklen Thema nicht zu sagen?"

Wie denn, man lässt mich doch keinen einzigen zusammenhängenden Satz sagen! Ich zuckte ein weiteres Mal mit den Schultern, so als würde ich sagen wollen:

„Bitte, bitte, lasst mich auch was sagen!"

„Kann es sein, dass Sie ein verkappter Ausländerfeind sind?", rief Herr Franz mir wutentbrannt zu.

„Wenn ja, schäme ich mich, dass ich mir von Ihnen ein Bier aufschwatzen hab' lassen."

„Aber Franz", mischte sich Egon ein,

„hat er vielleicht nicht Recht damit? Die nehmen uns doch nur die Arbeitsplätze weg!"

„Mann", herrschte Franz seinen Freund an.

„Was willst du überhaupt, du hast doch noch nie einen Tag gearbeitet!"

Und der Egon schrie zu Franz:

„Natürlich arbeite ich! Würde ich nicht nächtelang durch die Parks wandern und dabei jede Menge Pfandflaschen sammeln, hätten wir Beide staubtrockene Kehlen. Ich, mein Freund, verdiene das Geld für unsern Schnaps!"

Franz musste seinem Kumpel Recht geben. Demütig erhob er sich von seinem Stuhl und schritt um den Tisch herum zu Egon und drückte ihn liebevoll an seine Brust.

„Egon", sagte Franz kleinlaut,

„mein Busenkumpel, verzeih mir. Du hast ja sowas von Recht! Du bist der, der Geld heranschafft!"

Ich derweil tippte nervös mit den Fingern auf die Tischplatte. In mir gärte es gewaltig. Ich hatte meine Nase bis runter zu den Nebenhöhlen gestrichen voll. Ich schrie:

„Was erlaubt ihr euch, mich in einem Licht darzustellen, das nicht der Wahrheit entspricht! Ich bin beileibe kein Feind unserer ausländischen Mitbürger! Verstanden!"

Vergebene Müh'! Meine Worte wurden von diesen Schluckenten rigoros überhört. Auch wenn man sich noch so vehement gegen diese Anschuldigungen wehrt, ist man diesen Anfeindungen jener Herrn auf Verderb ausgeliefert.

Die Lage entspannte sich etwas, warum?

Herr Franz gab mir ein unmissverständliches Zeichen. Mit der Zunge leckte er sich um seine Lippen, er brauchte ein neues Bier. Pech für mich, auch Egon plagte das finanzielle Fegefeuer, ich musste ein weiteres Mal zwei Biere – eins für Herrn Franz und eines für seinen Kompagnon – ordern. Die Zwei sogen das Bier auf, als bestünden ihre Lebern aus einem Schwamm.

Die Beiden feierten mitten im Sommer Silvester und zugleich Neujahr. Und ich als heiliger Samariter darf den Exzess bezahlen! Bei diese Gelegenheit beugte sich Egon an den Nachbartisch und fingerte sich einige Zigarettenstummel aus dem Aschenbecher. Das war der berüchtigte Tropfen, der das Fass zum Überlaufen brachte.

Mir wurde speiübel. Jetzt war endgültig Schluss mit Lustig. Ich hatte die Schnauze voll! Ich bezahlte das Bier der Beiden Suffköpfe und verschwand.

Am Ende meines tragischen Eisdielenbesuchs hielt ich Ausschau nach einem tragfähigen Baum. Nach dieser lehrreichen Unterhaltung mit Herrn? Franz und seinem Leidensgenossen Egon habe ich beschlossen, mich an diesem Gewächs aufzuhängen. Nur sollte es fernab jeder Zivilisation sein! Ich war sauer! Ich wollte dort nur noch in Ruhe und Abgeschiedenheit rumhängen.

War natürlich nicht ernst gemeint! Sich an einem Baum aufzuhängen bedeutet, dass man zuerst auf einen solchen klettern muss. Geht nicht, mich quält die Höhenangst!

Aber sagen wir nur rein hypothetisch „ich würde".

Es wäre sicher interessant zu erfahren, was meine Kontrahenten aus der Eisdiele zu meinem übereilten Entschluss sagen würden. Diese Deppen würden sich sicher über mein Tun aufregen!

„das ist doch die Höhe!", höre ich Herrn Franz sagen,

„Wie kann es der Kerl verantworten, dass er unsere schöne Natur mit seiner Leiche verunstaltet?!"

„Genau", würde sein Freund Egon antworten,

„bevor er ging hätte er ruhig noch einige Biere springen lassen können."

2   Liebe, Sekt und andere Katastrophen

In meinen jungen Jahren war ich ein aufgeweckter Filou, der nichts anbrennen ließ. Jede Möglichkeit Dummheiten zu begehen war mir recht. Oft feierte ich mit meinen Freunden von Montag an bis weit über das Wochenende hinaus. Unsere Antwort auf das Jungsein lautete: Die Nächte sind zum Abfeiern da!

Arbeiten? Diese ehrlose Beschäftigung, bei der man sich die Knochen brechen kann, hob ich mir für spätere Zeiten auf.

Mit meinem damaligen Partyfreund Rainer zog ich von einer verkommenen Kneipe zur nächsten. Eine zukünftige Schwiegermutter warnte ihre Töchter vor uns, nur die Wirte strahlten jedes Mal quer über ihr Gesicht, als sie uns Beiden den Gastraum betreten sahen.

Denn ab jetzt wussten sie, dass jede Menge Geld in ihren Kassen landen würde. Sie wussten aber auch, dass Sie an jenem Abend Schwerstarbeit leisten mussten. Rainer und ich erfreuten uns am Bier. Und der Wirt? Der Arme schuftet, bis ihm ein Buckel wächst.

Eine weitere Leidenschaft war das Rauchen von Substanzen, die der liebe Staatsanwalt verboten hatte.

Wer jetzt noch nicht verstanden hatte, den kläre ich gerne auf. Wir, also Rainer und ich, kifften auf Teufel komm raus, was oft dazu führte, dass jeder für sich in fremden Betten wach wurde. Natürlich waren Mädchen zugegen, die uns liebevoll in den Schlaf wiegten. Mann, war das geil!

Eine solche Prinzessin war die flotte Angie. Diesen

Schatz lernte ich in unserer Stammdisco Bauhaus kennen.

Als Rainer und ich die Dame zum ersten Mal erblickten, fiel uns die Kinnlade bis runter zu den Knien. Ein südländischer Typ von einer Frau, pechschwarze Haare, die bis zum Po reichten, rehbraune Augen, und ein Body, der uns Beiden Helden die Hose enger werden ließ. Wir hingen wie lästige Flöhe an der Angie. Ich sprach sie als Erster an:

„Hallo, dich hab ich noch nie im Bauhaus gesehen! Ich bin der Deuml und der unrasierte Herr neben mir ist mein Freund Rainer. Dürfen wir deinen Namen erfahren?"

„Angie", antwortete die Angesprochene.

Mit einem verstohlenen Kennerblick musterte ich ihre appetitlichen Rundungen. Es brannte mir in den Fingernägeln, ich musste diese Lotusblume um jeden Preis kennenlernen!

„Angie", sagte ich.

„Darf ich dich zu einem Drink einladen?"

Natürlich durfte ich.

Dem Rainer erging es nicht besser, er war wie hypnotisiert. Auch er ließ seine Augen an ihr auf und abwandern.

Manche werden mich für einen verkommenen Macho halten! Sie irren, ich war immer schon gerne mit Frauen zusammen! Nur was sollte ich tun? Die Angie sah einfach zum Anbeißen aus!

Ich sollte ihr Favorit des Abends werden. Armer Rainer! Obwohl? Der sah sich um und fand auch eine Braut.

Nur war die Meinige um Welten hübscher. Einen Wermutstropfen gab es bei dieser zukünftigen Verbindung. Meine Amazone wusste ganz genau, wie gut sie aussah. Das Resultat jenes Wissens kostete mich mehrere Cocktails. Die Wahrheit ist: sie soff wie eine, die seit Tagen ohne Flüssigkeit auskommen musste!

1:0 für Rainer. Seine Eroberung nippte ganze zwei Stunden an einem Bier.

Angie und Rainers neue Freundin drängten uns nach Hause zu gehen.

Dem Rainer und mir sollte die Ungeduld der beiden Grazien nur recht sein. Um zuhause weiterfeiern zu können, deckten wir uns an der Tankstelle mit Tabak, Bier und einer guten Flasche Sekt ein.

In Rainers Bude leerten wir zuerst das Bier und rauchten zur Entspannung einige Joints.

Durch die gerauchte Harmonie ging ich mit der hübschen Angie ins Schlafzimmer nebenan. Noch schmusten wir etwas zaghaft, langten aber nicht schlecht beim Sekt zu. Mit der Zeit flog, weil vom Grass und Alkohol beflügelt, ein Kleidungsstück nach dem anderen aus dem Bett.

Nach einer ausgiebigen Erkundungstour an unseren Geschlechtsteilen war ich es, der die Angie fragte:

„Hey Baby, ich bin rostiger als ein unkastrierter Straßenhund. Komm, lass es uns tun!"

„Ok", bekam ich zur Antwort.

„Aber bevor wir loslegen lass uns nur noch ein Glas Sekt schlürfen!"

Vor überschäumender Freude, was gleich kommen sollte, langte ich aus dem Bett und wollte meiner Angie und mir Sekt in die jeweiligen Gläser schütten, was sich als sehr schwierig erwies.

Mit meiner Megalatte versuchte ich an die Sektgläser zu kommen, doch eine Gottheit verwehrte mir den Spaß meiner Angie unter die Haut zu gelangen. Genau in dem Augenblick, als ich mich aus dem Bett lehnte, verlor ich das Gleichgewicht und landete mit dem Kopf in einem Sektglas. Dabei erntete ich eine Platzwunde an meiner Stirn! Als Angie mein Missgeschick sah, bekam sie einen fürchterlichen Lachkrampf. Und ich? Ich bekam von einer Krankenschwester einen Kopfverband.

Toll! Für mich war klar:

„Das war´s, aus mit lustiger Vögelei!"

3   Männer Abende

Diese Situation ist allen Männern bekannt. Ich rede von den Abenden, die wir in geselliger Runde bei Bier und Kartoffelchips vor der Glotze verbringen. Gerade jetzt, wo die Fußballweltmeisterschaft in vollem Gange ist. In dieser turbulenten Zeit durchlebt die Männerwelt einen Ausnahmezustand: jedermann des edlen Geschlechts ist dann im gewissen Sinne unzurechnungsfähig! Und niemand hat das Recht, diesen erhabenen Zustand zu boykottieren. Besonders dann wird es für die meisten von uns interessant, wenn die eigene Nationalmannschaft das Spiel für Deutschland bestreiten darf. Nach so einem gewichtsträchtigen Turnier kann es leicht passieren, dass fünfzig Prozent der fußballfanatischen Patrioten besoffen und dem Delirium nahe am Boden liegen.
Am Morgen danach:
Den armen Ehefrauen bleibt nichts anderes übrig, als den Schweinestall mit all den Schweinen darin zu säubern.
Jedoch am Tage danach triumphiert die Familie. Die rettende Aspirintablette wurde von den Damen unauffindbar entsorgt. Die Männer sollen auch das, was am Tag danach kommt, noch uneingeschränkt genießen dürfen. Und um die Harmonie zu steigern, erlaubten die Mütter zum ersten Male, dass die Kinder am Frühstückstisch das Trommelspiel üben dürfen. Um das ganze Idyll zu steigern, durften die lieben Kleinen dabei laut und deutlich ihre Kindergartenlieder singen - so laut und falsch, dass den gestörten Papis der Kopf zu bersten drohte.
Was dem einen seine Freud ist, ist dem andern sein Leid!
Aber - und das ist unwiderruflich erwiesen - die

Leidtragenden bei jenem Fußball-Event sind die einsamen, vernachlässigten Ehefrauen und die lieben Kinderlein.

Die Frauen trifft es am härtesten! Diese armen, sich für Kinder, und betrunkene Ehemänner aufopfernden Geschöpfe müssen für mehrere Wochen auf ihre angetrauten Helden verzichten. Keiner der Supermänner war zur Stelle, wenn es hieß:

„Schatz, bitte trag doch endlich den Müll runter! Und zerquetsch doch bitte die widerliche Kreuzspinne im Schlafzimmer!"

Einfühlsame Ehemänner bei einer Fußballweltmeisterschaft? Ha, das können sich die Ehefrauen getrost aufs Butterbrot schmieren! Solche Exemplare gibt es nur in der Fabelwelt!

Nicht nur am Tag, sondern auch in der tiefdunklen Nacht waren die Damen völlig auf sich gestellt. Da gab es keine Einschlafrituale, wie etwa liebevolle Zärtlichkeiten oder gar den Kreislauf stärkenden Beischlaf. Auch wenn die Damen noch so viele Anstrengungen, wie Verstand raubende Dessous als Verführungskunst anboten, so war doch alle Mühe letztlich umsonst! Die Männer hatten zu jener Zeit ganz andere Bälle in ihren Köpfen. Wenn alle Fußballfreunde vor dem TV-Gerät saßen und sich für ihre Mannschaft die Kehle herausschrien, so waren doch die vernachlässigten Ehefrauen für all jene Casanovas, die mit einfallsloser Ballakrobatik nichts am Hut hatten, ein gesuchtes Erotikfressen. So manche Frauen bewiesen Fantasie. Die hatten für dieses Drama vorgesorgt. Und so hatten einige von ihnen ein solch nacktes Lustexemplar zu ihrer wohltuenden Verfügung im Kleiderschrank stehen. Wenn sie dann in liebreizendem Ton zu ihren ballverrückten Ehemännern sprachen:

„Gute Nacht, Schatzi! Bussi, Bussi, ich gehe schlafen! Habt ihr nur euren Spaß bei dem Spiel!"

So war es in manchen Fällen nur ein gespieltes Abweichmanöver. So mancher der verblendeten Ehemänner könnte, wenn er im Besitz seiner Sinne wäre, beherzt davon ausgehen, dass ihre Damen ein wohlbehütetes Geheimnis im Schlafzimmer hegten und pflegten.

Und, als die Männer sich in geselliger Ballrunde die Alkoholkante gaben, feierten die Damen ihr eigenes Finale mit allen Schikanen und das mit einer ganz anderen Euphorie, als es ihre Männer taten!

Nur war nicht jeder der im Schrank befindlichen Casanovas gegen die deutschlandweite Leidenschaft eines Weltmeisterspiels gefeit! Als das erste Tor für Deutschland fiel und alle im Nebenzimmer Tor schrien, beendeten manche der Liebhaber das angefangene Liebesspiel! Auch sie gesellten sich nackt zu den anderen und sangen vereint, wie in einem Chor,

„Deutschland vor, Deutschland vor, noch ein Tor!"

Den verzweifelten Frauen blieb bei jener verpatzten Gelegenheit nur noch das eine übrig: Sie mussten sich mit einem batteriebetriebenen Turbomann begnügen!

23

4   Tierisches Drama

Mein bester Freund, Kater Lindos, musste eines Tages von einem Tierarzt operiert werden. Der Veterinär gab mir die Anweisung, meine Katze bis zum Tag des Eingriffes unbedingt nüchtern zu halten, was nicht unbedingt leicht zu sein scheint. War doch mein Kater sehr verfressen, ich glaube sogar, dass meine Katze sein Futter mehr liebt als mich. Mit nahezu sieben Kilo ist mein Baby nicht gerade ein Leichtgewicht unter europäischen Katzen. Der alljährliche Arztbesuch bedeutete für den Tierarzt, mich und meine Katze, als wäre es ein Gang zu den Waffen. Mein kleiner Freund brauchte seine Transportbox nur zu sehen und sofort fing er an wild zu schreien, zu fauchen und sehr gemein um sich zu beißen. Schon manch ein Tierarzt schwenkte entnervt die weiße Fahne und gab resigniert auf. Als ich mit der erwähnten Box das Zimmer betrat, in dem ich meine Katze vermutete, war auch schon die Hölle los. Mein Monster empfing mich mit den zuvor erwähnten Strafaktionen.

Wie zu erwarten war, sah er in mir einen wehrlosen Kauknochen und biss mit Leidenschaft zu. Im ganzen Haus hörte man nur noch das jämmerliche Geschrei meines wild gewordenen Katers und ich musste mich mit der Angst quälen, dass meine Nachbarn im Hause mir den Tierschutzbund auf den Hals hetzten. So sprach ich mit engelsanfter Stimme und beruhigend auf meinen Lindos ein:

„Hab dich nicht so, jede Katze wird irgendwann an den Mandeln operiert. Also sei tapfer und lass dich nicht so hängen!"

Um der kritischen Lage Herr zu werden, versprach ich meinem fetten Freund:

„Lindos, du bekommst Thunfisch bis zum Abwinken."

Eines sollte ich zum allgemeinen Verständnis erwähnen: mein Lindos liebt Thunfisch über alles! Mit all meiner Kraft und dem Einsatz von Thunfisch als Köder brachte ich meinen Kater in die Transportbox. Beim Tierarzt angekommen, bekam Lindos dank meiner fiesen Mithilfe seine Betäubungsspritze und ich selbst ein nicht zu kleines Heftpflaster für die zerkratzte Hand. Gegen Abend durfte ich dann meinen Kater wieder abholen.

Dann sei - Gott sei Dank - alles überstanden!

Leider muss ich ehrlich zugeben, ich habe meinen besten Freund aufs Übelste belogen! Von wegen die Mandeln, aber nicht doch! Mein Lindos hatte das große Vergnügen fast aller männlichen Katzen.

Und wenn Katzen unsere Sprache sprechen könnten, würden sie uns wohl ins Gesicht schreien, dass diese Operation eine verachtenswerte Entwürdigung einer ganzen Tierart darstellt! Aber was soll ich weiter reden, mein Lindos behielt seine Mandeln, wurde dafür aber gnadenlos seiner Männlichkeit beraubt. Mein Lindos sollte mir dankbar sein, denn durch diese Operation behielt er weiterhin die alleinige Macht über seinen Futternapf. Es gab noch einen weiteren Vorteil! Wenn einer seiner Freunde das Wort Kastration nicht zu deuten vermag, konnte ihm Lindos als Fachmann das eine oder andere von dieser Prozedur erzählen. Und noch was! Im Himmel der Miezen gab es einen neuen Anwärter für das Amt der heiligsten Katze. Dank mir und der Mithilfe des Tierarztes darf Lindos nach seinem Ableben als eine gesegnete und ewig reine Jungfrau direkt in den Katzenhimmel aufsteigen. Halleluja!

5 Flirttipps von einem Profi

Haben Sie Probleme mit dem Kennenlernen des anderen Geschlechts? Wenn ja, dann kann Ihnen jetzt geholfen werden. Lassen Sie sich von mir, einem Vollprofi, zum neuzeitlichen Casanova ausbilden. Als Erstes sollten Sie bei einem bevorstehenden Date an Ihrem Outfit arbeiten. Auch wenn die Hemden Ihres verstorbenen Großvaters immer noch in tadellosem Zustand sind, bitte, kaufen Sie sich neue. Keine Dame liebt gestreifte Hemden, die zudem auch noch nach antiquarischem Mottenpulver duften. Was den Anzug betrifft, elegantes Schwarz und eine auffällig grell bunte Krawatte sind beim ersten Treffen sicher die beste Wahl. Und nun zu den Schuhen, schwarze Lackschuhe sollten es wenn möglich schon sein, wenn Sie keine zur Verfügung haben, macht nichts, nehmen Sie meinetwegen Turnschuhe, aber dann bitte in Schwarz. Eines sollte Ihnen klar sein, ja nicht mit dem Fahrrad zu jenem Treffen vorzufahren. Auch wenn Sie der anvisierten Dame hoch und heilig versprechen, sehr sportlich zu sein, glauben Sie mir, dieser Engel wird maßlos von Ihnen enttäuscht sein. Also, wenn schon kein großkalibriger BMW oder ein Benz, dann bitte lieber ein Kraftrad, Moped oder einen Motorroller. Mit der zukünftigen Braut im Schlepptau geht es direkt zu einem der edelsten Restaurants der Stadt und ja nicht, wie so oft, in eine von Ratten verseuchte Currywurstbude oder einen amerikanischen Schnellimbiss. In solche zweifelhafte Lokalitäten können Sie später gehen, dann, wenn ihr beiden schon längere Zeit verheiratet seid. Aber am Anfang jeder florierenden Beziehung muss es das Edelste vom Edlen sein. Beim Betreten des Lokals sollte man kavaliersmäßigen Anstand walten lassen.

Es wird erwartet, dass Sie der Dame die Türe aufhalten und dabei noch aus dem Mantel helfen. Bei dieser Gelegenheit kann der Mann schon einmal ordentlich Maß nehmen und auch abschätzen, ob die Haarfarbe der Dame zu seiner Bettwäsche passt. Mein Tipp, den letzten Satz, aber, wenn Ihnen das Leben weiterhin wertvoll erscheint, sollten Sie besser geheim halten. Bei der Bestellung ruhig und besonnen Persönlichkeit zeigen, indem Sie mit einem lauten Pfiff nach einem Kellner rufen. Ein weiterer Tipp von mir, wenn das Dinner Ihren finanziellen Rahmen sprengt, gibt es einen todsicheren Trick. Jede Dame hört es gerne, wenn man sie darauf anspricht, wie schön schlank sie doch ist. Und ganz nebenbei redet man über dickmachendes Essen und von sinnlosen Diäten und wie gesund ein Teller mit knackigem Salat ist. Absolut verboten beim Essen in der Öffentlichkeit ist das Rülpsen, Schmatzen und unflätiges Furzen. Vor allem aber lernen Sie zuhören, jede Frau liebt es, wenn ihr ein Gentleman aufmerksam zuhört. Sie müssen der Dame das Gefühl geben, sie sei für Sie das wichtigste und amüsanteste Geschöpf seit Adam und Eva. Dabei sollten Sie nicht zu sehr in den Ausschnitt der Dame starren, für dieses Anliegen haben Sie später noch ausgiebig Zeit. Um eine anregende Unterhaltung aufrecht zu erhalten, sind Themen, die langweilen absolut verboten. Mein Freund, sind Sie verheiratet? Wenn ja, ich an Ihrer Stelle würde es ihr nicht beichten, wäre es doch sehr unvorteilhaft dieses Tabuthema Ihrer Herzensdame zu gestehen. Wir Männer haben doch nur eines im Sinn, wir wollen erfolgreich erobern und keine charmanten Damen verunsichern. Mein Freund, trinken Sie gerne mal ein Gläschen Alkohol zu viel?

Da möchte ich Sie warnen. Dies sollte man, wenn möglich, am ersten Abend ihrer Verabredung unterlassen. Es würde wahrlich keinen seriösen Eindruck bei Ihrem Schatz hinterlassen, schon am ersten Abend ihres vielversprechenden Treffens im Delirium eines Vollrausches unter dem Tisch zu liegen. Damen, die Wert auf gediegene Etikette legen, sind nicht erfreut, dass man ihren Galan auf den Schultern eines grobschlächtigen Lokalangestellten an die frische Luft befördert. Vorausgesetzt natürlich, die Dame teilt Ihre Leidenschaft, dann wünsche ich euch beiden verliebten Turteltäubchen einen erholsamen Aufenthalt an der heilsamen frischen Luft. Dann aber wundern Sie sich nicht, um zwei Uhr morgens völlig zerstört auf einer einsamen Parkbank zu erwachen. Bitte beachten Sie all meine Tipps, die ich Ihnen erteilt habe, mit Beharrlichkeit, dann kann Ihnen bei einem frivolen Schäferstündchen nichts mehr im Wege stehen. Nur, bis dahin müssen Sie noch einiges an Überzeugungsarbeit leisten. Nach dem gepflegten Dinner, mein Herr, entführen Sie Ihre Amazone in die Oper oder zu „Bolero" von Ravel, oder vielleicht in ein Theater, Shakespeare in „Der Sommernachtstraum" oder gar die klassische Liebesepisode "Romeo und Julia." Wenn Sie die romantische Seele jener Dame berührt haben, spricht das für Sie und ihre Qualitäten als Liebhaber, ich sehe schon, Sie sind sehr lernfähig. Ein Gentleman fühlt eifrig mit, wenn die Dame voll von überschäumendem Enthusiasmus mit den Akteuren auf der Bühne mitleidet. Halten Sie stets für jenen weiblichen Akt der aufkommenden Tränen ein Papiertaschentuch bereit und bitte, falls es Ihnen doch zu schmalzig werden sollte, nicken Sie nicht während der Vorstellung ein. Nun, manchmal übermannt uns der Schlaf, aber ein routinierter Casanova kann auch mit offenen Augen erholt schlafen, ganz wichtig, ja nicht schnarchen, und dabei der Dame in den Schoß fallen, denn dieses Tun entlarvt Sie als niveaulosen Kulturbanausen. Schön langsam dürfen Sie etwas frecher werden und das Knie der Dame berühren. Wenn das schmerzfrei an Ihnen vorübergegangen ist, flüstern Sie Ihrer Herzensdame ein nettes Kompliment ins Ohr, wie schön und toll der Abend mit ihr ist. Solche einfühlsamen Worte lassen jede Frau wie einen Eiswürfel dahinschmelzen. Sehr hilfreich ist es, der Dame liebevoll die Hand zu tätscheln und ihr dabei tief in die Augen zu sehen, jawohl, ich sagte, in die Augen, und nicht schon wieder in den Ausschnitt. Das kommt später. Die nächste Lektion, die nun auf Sie wartet, ist wohl die schwierigste, wie bringt man eine Dame letztlich dazu, sie in ihre Wohnung zu begleiten. Hier ist es hilfreich, in meinen Lehrbuch „Wie werde ich zu einem erfolgreichen Casanova" auf Seite einhundertzweiunddreißig nachzusehen. Hier habe ich jede Menge Auswahl an Möglichkeiten für Sie, wie man eine Dame erfolgreich verführt.

Keine Angst meine Herrn, die Dame könnte von Ihrem Tun Wind bekommen. Aber nein, ich war von vornherein so schlau und habe einen Sicherheitsmechanismus in jenem Buch installiert. Um Sie und all die anderen vor den ausgefahrenen Krallen einer hysterisch aufgebrachten Frau zu schützen, habe ich den Buchumschlag vorsichtshalber als einen Theater und Opernführer, oder, gegen einen kleinen Aufpreis, als die Heilige Schrift getarnt. Sie haben alles wie beschrieben befolgt, Sie dürstet es nach erotischer Zweisamkeit.

Gut, sehr gut, hervorragend, wir gehen wie folgt vor.

Mein Lieber, Sie haben den zärtlichen Griff an das Knie der Dame schmerzlos überstanden, wenn ja, dann war das die halbe Miete. Jeder meiner Schüler hat eine alte zerkratzte Langspielplatte. Sie auch, toll, dann können Sie die Dame zu sich nach Hause einladen, um ihr Ihre umfangreiche Plattensammlung zu zeigen. Doch halt, ehe wir weiterreden, wie steht es mit der Sauberkeit ihrer Wohnung?

Glauben Sie mir, eine Frau mit Stil hasst verpisste Wohnungen, in der sich Ratten und Kakerlaken als eigentliche Mieter sehen und sich aus diesem Grund zügellos vermehren. Die Hygienefrage wäre also geklärt.

Mit einer edlen Flasche Champagner, süßen Pralinen und für emporsteigende Körperteile das wirksame Potenzmittel „Spanische Fliege" in der Tasche wandelt Ihr beiden Lusttäubchen Hand in Hand zu ihrer Bude. Vergessen Sie die Schallplatten, dort bewegen Sie sich direkt von einem rhythmischen Höhepunkt hin zum nächsten. Bei diesem lustvollen Treiben sollten Sie, wenn möglich, das gesamte Spektrum des indischen Kamasutras rauf und runter zum Einsatz bringen, und wenn das Bett nicht standhält, dann machen Sie auf dem Teppich weiter. Nachdem Ihr Euch die Seele rausgevögelt habt, kommt für manche von Euch zukünftigen Casanovas das ultimativ kalte Grauen. Mein Freund, kann es sein, dass Sie die Dame auf der Straße oder in einem verrufenen Lokal kennengelernt haben? Ja! Oh Gott, Mann, Sie sind der geborene Pechvogel! Falls ihre Spielkameradin für den geleisteten Erotiklehrgang Geld verlangt, sollten Sie vorsichtshalber bezahlen. Sie können sicher Gift darauf nehmen, dass der Beschützer jener Dame unverhofft bei Ihnen auftaucht. Und dann, mein Freund, gute Nacht. Dieser rabiate

Kerl weiß sehr gut, wo es am meisten wehtut. Nach dieser schmerzlichen Unterhaltung mit diesem Choleriker können Sie ihre Eier auf einen Billardtisch legen, dann können Sie - rein zum Spaß - eine Runde Billard spielen. Allen anderen, denen mehr Erfolg zuteilwurde, wünsche ich für ihre zukünftige Rolle als erfahrener Frauenheld alles, alles Gute. Ich hoffe, all jenen, die mein Buch und alle weiteren Fortsetzungen für einen wahrlichen Spottpreis von nur 19,99 EUR pro Exemplar lasen, konnte ich eine große Hilfe sein. Den anderen aber, jene erotischen Analphabeten, sie müssen das Handtuch nicht ins Eck werfen, aber nein, sie haben immer noch die Möglichkeit zu heiraten oder in ein Kloster einzutreten.

6 Im Himmel werden die Karten neu gemischt
(Eine himmlische Ehereform)

Wie fast jeder von uns - ob jung oder alt, reich oder arm - möchte nach seinem Ableben bis auf einige Ausnahmen in das himmlische Paradies! Dort darf dann jeder Einzelne zu der Erfolgsgeschichte dieses schönen Ortes mit seinem Wissen und seiner Arbeit beitragen. Jeder anständige Mensch ist dazu herzlichst eingeladen! Doch am liebsten waren der himmlischen Obrigkeit jene Schäfchen, die ein ganzes Leben lang verheiratet waren. Die Frauen konnten sehr gut kochen und ihre Ehemänner waren sehr folgsam, schließlich waren sie es gewohnt, ihren Ehefrauen bedingungslos zu gehorchen!

Nur die ewigen Junggesellen sorgten für ständigen Aufruhr und Probleme.

Doch der himmlische Gerichtshof musste auch den alleinstehenden Hallodris die gleichen Rechte zugestehen, wie sie auch für die Verheirateten galten. Doch ein seit ewiger Zeit geltendes Gesetz lautet hier oben, dass Eheleute, egal wie lange sie verheiratet waren, nach ihrem Tod für ewig beisammenbleiben müssen und von nichts und niemandem getrennt werden dürfen! Heute soll ein erneuter Schwung neuer Engel ins Paradies eintreten. Als sich die Himmelspforten weit öffneten, betrat jede Menge neues Personal das himmlische Reich, allen voran die Eheleute, die noch zu ihren Lebzeiten geschworen hatten, ihr Leben bis in alle Ewigkeit miteinander zu verbringen! Zum Schluss wankten die verlotternden Junggesellen, sternhagelblau und mit einer Flasche Sekt im Arm durch das Himmelstor, das allen verheiratet oder ungebunden zur ewigen Glückseligkeit verhelfen sollte.

Jedes Mal, wenn die armen Sünder dieses Tor durchschritten hatten, schüttelten der oberste Chef, der liebe Gott, sowie sein Minister, der heilige Petrus, verzweifelt ihren Kopf. Und beide dachten sich ohne sich große Illusionen zu machen:

„Was für ein elender Haufen, die Verheirateten wie auch die Ledigen, besonders aber die Ledigen!"

Und nach kurzer Überlegung sprach der liebe Gott sehr resigniert zu seinem ersten Minister:

„Da, schau ihn dir nur mal an, diesen sterblichen Mob. Und denen sollen wir tatsächlich die ewige Jugend zurückgeben? Ein solches Volk wäre früher mit Sicherheit nicht bei uns hereingekommen! Aber leider, mit unserem derzeitigen Personalmangel dürfen wir froh sein, dass keiner dieser Saukerle zu viele Vorstrafen hat! Aber was soll', Petrus, die verheirateten Paare schickst du mir in die Kleiderkammer, wo sie sich ihre zukünftige Engelsuniform anpassen lassen können. Die Ledigen aber steckst du ohne Ausnahme sofort in die himmlische Ausnüchterungszelle, damit denen erst mal der Spaß am Himmel gehörig vergeht."

Und Petrus antwortet seinem Chef:

„Jawohl mein Chef, denen werden wir schon das Komasaufen gänzlich austreiben! Wenn diese Saufbolde morgen in aller Frühe geweckt werden, gebe ich denen zum Frühstück nur Durst herbeiführende Salzkekse. Mit ihrem Megabrand und dem schädelbrechenden Kopfschmerz soll das lausige Lumpenpack den ganzen lieben Tag lang einem sehr lautstarken Konzert als Einweihungsfeier unserer himmlischen Blaskapelle lauschen!

Darauf sprach der liebe Gott:

„Jawohl Petrus, die Idee gefällt mir, aber pass mir

aber trotzdem sehr gut auf die Junggesellen auf! So etwas Dummes wie vor zwei Jahren wollen wir uns keinesfalls ein weiteres Mal leisten, als acht unserer heiligsten Engel rein zufällig schwanger wurden! Ich bekomme noch heute eine fürchterliche Gänsehaut, wenn ich nur an das tagtägliche Babygeschrei zurückdenke!"

„Chef, ich werde alles veranlassen, dass solch eine Sauerei nicht noch einmal passiert, auch wenn es sehr schwer fallen dürfte, die sexbesessenen Junggesellen von unseren Engeln fernzuhalten. Schließlich sind einige auf der Erde im Gefängnis gestorben und hatten somit schon sehr lange keinen zwischenmenschlichen Kontakt mehr, aber ich habe dich ja vor Knastbrüdern gewarnt. Du aber, bitte verzeih mir meine Kritik, glaubst nach wie vor an das Gute in allen Menschen!", antwortete Petrus und bekam vor lauter Zweifel um den Erfolg jener Sache plötzlich jede Menge unschöner Stirnfalten.

Doch urplötzlich ertönten Fanfaren, diese kündigen seit jeher das Ankommen neuer Seelen an, die vor dem Himmelstor standen und baten, endlich in die Ewigkeit eingelassen zu werden.

„Welch eine Überraschung wird uns wohl diesmal zuteilwerden?", dachte sich sorgenvoll unser lieber Gott und bei dieser Gelegenheit gab er dem Hausmeister das Zeichen, damit der das Tor öffnete, um die dort draußen Wartenden endlich eintreten zu lassen. Als man das Himmlische Tor öffnete, bekamen der liebe Gott sowie Petrus einen Riesenschock. Fuhr doch tatsächlich eine uralte Frau mit einer Schubkarre, in der sich ein total betrunkener Mann befand, in das Himmelreich ein. Als die Dame mit dem Betrunkenen im Schlepptau in der Hofmitte stand, begaben sich Gott und Petrus zu den Beiden.

„Meine Güte, wenn mich meine Augen nicht täuschen, leidet der Mann im Schubkarren etwas an Gleichgewichtsstörungen! Vielleicht wollen Sie mir erklären, warum."

„Von wegen Gleichgewichtsstörung, ich lache mich ein zweites Mal tot. Mein Herr, der Kerl im Schubkarren ist nur besoffen wie ein Fisch in einem Schnapsglas. Diese Alkoholleiche ist mein Ehegatte! Mit diesem Saufbold bin ich seit nunmehr dreißig Jahren verheiratetet! Doch als ich meinen versoffenen Gatten wie üblich mit der Schubkarre von seinem Stammtisch abholen wollte, passierte das große Unglück. Auf dem Weg nach Hause erfasste uns ein Lastwagen und wegen diesem Zwischenfall sind wir hier oben bei dir, mein Herr."

Und Gott gab der alten und geschundenen Frau mit seiner beruhigenden Stimme Antwort:

„Seid voller Hoffnung, Ihr Guten, denn jetzt ist Eure Leidenszeit endgültig zu Ende! Hier oben seid Ihr von allen irdischen Qualen bis in alle Ewigkeit befreit! Hier im Himmel werdet Ihr nach dreißig endlos langen Ehejahren und harter Arbeit sowie von unendlicher Mühsal verschont sein! Nun sollt Ihr endlich Euren wohlverdienten Seelenfrieden finden! Wenn Euer Gatte morgen früh wieder zu sich kommt, bekommt Ihr ein schmuckes Häuschen, in dem Ihr Zwei hoffentlich glücklich bis in alle Ewigkeit wohnen werdet!"

Man brachte die Frau zu jenem versprochenen Häuschen. Ihren schlafenden Ehemann aber trug man direkt zu den Junggesellen in die Obhut der himmlischen Ausnüchterungszelle, um sich dort von seinem Megaatomrausch zu erholen. Zuguterletzt sprach auch noch Petrus zu der erschöpften Frau:

„Meine Gute, Ihr Gemahl wird morgen erst gegen

35

Abend zu Ihnen stoßen, denn dieser muss gemeinsam mit den verkaterten Junggesellen einem schrillen und sehr lauten harmonischen Blaskonzert beiwohnen!"

Daraufhin bekam die Frau fröhlich glänzende Augen und jeder der anwesenden Herrschaften konnte sofort die Schadenfreude der Frau aus deren Gesicht ablesen.

„Aber ja doch, das wird meinem lasterhaftem Ehemann und seinen Ohren sicherlich gut tun!"

Tatsächlich gab es für all jene, die sich dem Laster bzw. Alkohol verschrieben haben, zum Frühstück leckere Salzkekse und um diese runterzuspülen, ein Schnapsglas voll Wasser. Anschließend ging man mit dem lieben Gott und Minister Petrus auf das zuvor versprochene Blaskonzert. Nach einer halben Stunde verabschiedeten sich der liebe Gott und sein Minister von seinen lieben Jüngern mit den Worten:

„Meine Herrschaften, meine Pflicht ruft mich und meinen Minister! Ihr aber, Ihr Glücklichen, habt das große Vergnügen, diesem unüberhörbaren Spektakel noch weitere Stunden zu lauschen!"

Und so saßen die von Alkohol geschädigten Sünder und hörten einträchtig und sehr gebannt die dargebotene Musik. Und bei dieser Gelegenheit dachte sich der eine oder andere Sünder:

„Ab heute rühr' ich nie wieder einen Tropfen Schnaps, Wein oder Bier mehr an!"

Doch irgendwann war auch dieses Martyrium zu Ende und man ließ die fast zerstörten Sumpfbrüder in ihr neues Zuhause gehen.

Doch gerade dort sollte der nüchterne Ehemann sein wahrlich blaues Wunder erleben! Als er bei seiner Frau am Tisch saß, erfuhr unser Freund, dass im Himmel Ehen, die auf der guten alten Erde geschlossen wurden, hier oben nach wie vor noch weiterhin ihren Ehestatus behielten. Mit anderen Worten - einmal verheiratet und du gehörst für immer und ewig der Katz'!

Jetzt wird es für unseren verheirateten Freund aber wirklich zu bunt!

„Was höre ich da von dir, wir sind weiterhin verheiratet? Dreißig lange Jahre schwerer Unterdrückung sind hier oben wohl nicht lang genug! Aber das eine sage ich dir, das lasse ich mir auf keinen Fall gefallen! Unten auf der Erde dachte ich mir, Gott sei Dank wird dieser grausige Zustand im Jenseits ein Ende finden und nun höre ich aus deinem Mund das Gegenteil. Das ist ja das reinste Mobbing!"

Doch dann gab auch seine treue Ehefrau ihren Senf zu jenem Thema dazu:

„Du sprichst ständig nur von dir, du hattest dreißig Jahre gelebt wie ein verkommener Pennbruder! Du hast keine einzige Stunde wirklich gearbeitet, alles blieb an mir hängen! Du konntest eh' nur das eine und zwar mit Deinen wertlosen Saufbrüdern mein schwerstverdientes Geld zu verjubeln. So glaub mir, mein Göttergatte, auch ich war zutiefst enttäuscht, als ich von diesem blödsinnigen Gesetz gehört habe. Ich muss die ganze Ewigkeit mit einem versoffenen Taugenichts verbringen, während draußen vor der Tür die leckersten und knackigsten Männer in riesigen Scharen umherlaufen! Glaub mir, mein Schatz, auch ich werde mich beim Chef beschweren! Darauf kannst du getrost Gift nehmen!"

Also ging das unglücklich verheiratete Paar zu Gott, um sich über seine frustrierende Zukunft zu beschweren. Als man Beide zum Chef des Himmels brachte, befragte sie Gott, was ihnen eigentlich fehle:

„Also, meine Lieben, warum müsst Ihr gerade jetzt meine Schachpartie stören? Euer Problem kann doch sicher auch bis morgen früh warten! Oder fürchtet Ihr den Tod? Keine Angst, meine Schäfchen, den gibt es nur auf der Erde! Hier oben müsst Ihr Euch nur vor mir und dem Petrus fürchten! Aber wenn es sein muss, dann sprecht! Nur bitte ich Euch innig, beeilt Euch!"

Zuerst meldete sich der Ehemann zu Wort:

„Herr, was soll das dumme Gesetz von der ewigen Ehe? Ich dachte, ich sei im Himmel! Und nun das! Ich war dreißig lange Jahre mit einem feuerspuckenden Drachen verheiratet, dem man nichts, aber auch rein gar nichts recht machen konnte! Warum ....!"

Jetzt unterbrach ihn seine Gattin.

„Wie hast du mich eben genannt, einen Drachen, den werde ich dir gleich geben! Du sprichst nur von deinem Schicksal, was glaubst du wohl, was ich die ganzen dreißig Jahre durchmachen musste! Ich habe das ganze Geld für Haushalt und Familie verdient, während der edle Herr, mein versoffener Gatte, beim Sterndl-Wirt sich tagtäglich einen Totalrausch zugelegt hat."

„Halt mein Eheweib, auch ich habe gearbeitet und mir mein Geld verdient."

„Papperlapapp", unterbrach ihn erneut seine resolute Gattin.

„Natürlich hast auch Du jeden Tag zwei bis drei Stunden Schwerstarbeit geleistet, aber wofür, damit der Wirt ein luxuriöses Leben führen konnte! Nichts hab ich je von deinem Geld gesehen!"

Dann wandte sich der Ehemann erneut an Gott.

„Mein Heiligster, warum sind dreißig Jahre Ehehölle nicht genug? Ich will endlich leben wie ein fröhlich unbeschwerter Junggeselle!"

Und zum wiederholten Male schneidet die Ehefrau ihrem Gatten das Wort ab:

„Genauso sehe ich das auch! Ich hab' nach drei Jahrzehnten Ehefrust meine Nase endgültig gestrichen voll von dem Kerl! Bitte Herr, gib mir und meinem trunksüchtigen Gemahl unsere verdiente Freiheit zurück! Was habe ich davon, wieder jung und hübsch zu sein, wenn ich dasselbe Theater durchmachen muss wie eh und je!"

Jetzt platzt dem lieben Gott der Kragen:

„Was glaubt Ihr Beiden wohl, wo Ihr hier seid - in einem Freizeitpark oder gar einem Swingerklub, meine Freunde, Ihr seid bei uns im Himmel! Hier oben gibt es keine Scheidungen! Das hättet ihr schon zu Euren Lebzeiten auf der Erde vollziehen müssen. Es gibt kein Pardon, Ihr bleibt verheiratet und das für alle Zeiten und damit basta!"

Selbst Petrus hatte seinen Chef trotz nahezu zweitausend Jahre guter Zusammenarbeit noch nie so wütend und erregt erlebt. Doch das Pärchen blieb hart und gab nicht auf, ganz im Gegenteil! Sie forderten eine sofortige und endgültige Annullierung ihrer so unharmonischen Ehe. Und die Frau sprach nochmals zu Gott:

„Herr, dreißig Jahre Ehe sind wahrlich genug, aber für die Ewigkeit, nein mein Herr, Du verlangst zu viel Opferbereitschaft von uns!"

Die Frau hatte diesen Satz gerade noch fertig gesprochen, als eine Menschenmenge vor dem himmlischen Palast lärmend auf und ab marschierte. Und alle riefen lautstark wie in einem Chor:

„Nieder mit dem Ehegelübde, wir alle wollen frei wie die Vögel sein!"

Was der liebe Gott zu diesem Zeitpunkt nicht wusste, unter den Neuankömmlingen waren diesmal, Italiener Griechen und Franzosen sowie einige ehemalige Gewerkschafter dabei und allesamt führten ihre irdische Streikgewohnheit im Himmel voller Leidenschaft weiter! Also musste der liebe Gott vor denen angewidert die weiße Fahne schwenken und den Streikenden ausnahmslos Rede und Antwort stehen:

„Also, Ihr verwöhnte Saubande, was wollt Ihr mit Eurer unerlaubten Demonstration bei mir bewirken? So sprecht oder ich verstoße Euch allesamt in die Hölle! Dort unten könnt Ihr lausigen Sünder dem Teufel was vorstreiken - wäre sehr interessant zu sehen, wie der in dieser Sache reagiert!"

Unter den Streikenden meldete sich der Mutigste als Erster zu Wort, und wie könnte es wohl anders sein als, ja genau, ein Italiener.

„Herr, wir Genossen haben alle ein seit längerem überfälliges Streikprogramm erstellt und unsere Forderungen lauten:

„Wir wollen statt dreißig Stunden nur noch fünfzehn Wochenstunden für Euch hier oben arbeiten und zudem tägliches Freibier für alle Junggesellen! Außerdem fordern wir die Einführung der freien selbstbestimmten Liebe, aber vor allem die Abschaffung des bestehenden Ehegesetzes! Und um unserer ernsten Sache mehr Nachdruck zu verleihen, gehen wir allesamt geschlossen in den Generalstreik! Herr, glaube uns, selbst deine noch so getreuen Erzengel haben sich uns und unseren Forderungen angeschlossen!"

Nun sprach Gott ein sehr wütendes Machtwort:

„Was glaubt Ihr faules Pack wohl, wen Ihr gerade vor Euch habt! Ich könnte Euch ohne weiteres aus dem gemütlichen Paradies werfen lassen! Von wegen fünfzehn Stundenwoche, unten in der Hölle könnt ihr gut und gerne siebzig bis achtzig Stunden, ach was sage ich, neunzig Stunden arbeiten! Ich sehe Euch Lumpen, wie Ihr schön brav angekrochen kommt und mich auf Euren geschundenen Knien um Gnade anbettelt, damit ich Euch wieder gnädigerweise in den Himmel aufnehmen solle", schrie der außer sich gewordene himmlische Chef seinen untreuen Schäfchen zu. Doch die Streikenden gaben sich keineswegs geschlagen, mit ihrem Streik legten sie das gesamte himmlische Machtzentrum lahm! Alles, was vor Tagen noch fleißig gearbeitet hatte, stand stolz und aufrecht mit einem Transparent in der Hand, auf dem mit großen leuchtend roten Buchstaben stand

„Wir streiken" vor dem Himmelspalast. Mit anderen Worten, keiner jener streikenden Saukerle arbeitete auch nur einen einzigen Handstreich!

Das ganze öffentliche Leben brach vollends zusammen, nichts mehr sollte funktionieren, das schlimmste Chaos beherrschte nun für unbestimmte Zeit das gesamte Himmelreich! Endlich - nach sechs endlos langen Wochen - gab der liebe Gott dem streikenden Mob klein bei:

„Petrus, ich kann nicht mehr, ich gebe mich restlos geschlagen! Seit sechs langen Wochen muss ich Ärmster nun das essen, was du mir gekocht hast! Glaub mir, mein Bester, du bist zwar ein hervorragender Minister, aber als Koch bist du eine totale Niete! Bevor ich durch deinen Fraß endgültig vor die Hunde gehe, gebe ich notgedrungen den Forderungen dieser Saukerle nach! Sag allen Streikenden, sie sollen alles bekommen, was sie von mir gefordert haben!"

Nach dieser erfreulichen Nachricht ging ein mächtiger Hurraschrei durch das himmlische Paradies. Von nun an herrschte wieder absolute Harmonie und alle

ehemals Streikenden versprachen ihrem Chef:
„Herr, wir werden alles unternehmen, damit du in Zukunft mit uns zufrieden bist!"
Sofort ließen sich die Verheirateten von ihren früheren Partnern scheiden, um sich gleich darauf den einen oder anderen der vielen Junggesellen und Gesellinnen zu angeln. Und der liebe Gott und sein erster Minister, der heilige Petrus, bekamen von nun an tagtäglich das beste und leckerste Essen serviert, was ihnen die himmlischen Köchinnen zubereitet hatten. Alles verlief zum Besten, nur eines sollte unserem lieben Gott Sorgen und mächtigen Kummer bereiten. Nun, wo sich jeder Mann und jede Frau ihren Partner neu suchen darf, geht es sehr heftig im himmlischen Paradies zur Sache. Es wird durch alle Schichten des Himmels sehr leidenschaftlich geliebt und auch sehr, sehr wild durcheinander gepoppt. Und dies sollte nicht ohne gravierenden Folgen bleiben! Die Geburtenrate stieg von null auf zweihundert kleine quietschlebendige Babys heran! Wo früher meditative Ruhe herrschte, schrien heute an jedem Hauseck einige lautstarke Säuglinge nach Muttermilch. Von der Beseitigung der geruchsintensiven Windeln mal ganz zu schweigen!
„Petrus, gib mir doch einen guten Rat, was kann ich gegen das andauernde Babygeschrei unternehmen? Ich halte das ewige Geplärre nicht mehr länger aus!"
Petrus sah seinen Chef sehr traurig an und dabei öffnete er seine linke Hand: darin befanden sich geräuschdämpfende Ohrstöpsel und er überreichte sie ohne Worte seinem Chef! Nach diesem Streik bekam der Himmel also seine längst überfällige Ehereform!

7   Liebe Deinen Nächsten

In einem kleinen bayrischen Dorf sollte jeder seine Sünden, ob groß oder klein, wegen Verbreitung übler Nachrede geheim halten. Für aufgedeckte Untaten gab es den diensthabenden Dorfpolizisten. Wenn es aber nur für den lieben Gott bestimmt ist, so musste der ehrwürdige Herr Pfarrer in dieser heiklen Angelegenheit einspringen. Dieser edle Gottesmann, mit dem Namen Pfarrer Bonifazius, wachte mit strenger Hand und einem steil emporgehobenen Zeigefinger über seine sündigen Schäfchen, damit ihr Seelenheil nicht zuviel getrübt wird, was ihm leider, trotz stetiger Bemühungen, oft verwehrt blieb. Der Dorfpolizist war das krasse Gegenteil von unserem ehrwürdigen Pfarrer.

Dieser irdische Ordnungsstifter liebte vor allem Bier, gutes Essen, schöne Frauen und das tägliche Kartenspiel. Wie oft ist der Filou in Polizeiuniform schon am frühen Nachmittag so sturzbetrunken wie ein Goldfisch in einer Schnapsflasche! Mit anderen Worten, der Kerl war eine totale Niete in seinem verantwortungsvollen Beruf, den man aber, trotz seiner vielen Schwächen, sehr schätzte. Er war sehr beliebt bei all seinen Mitbürgern. Und überall, wo dieser auftauchte, rief ihm die Menge nett und freundlich zu:

„Hallo, Herr Wachtmeister Budlich, wie geht´s, wie steht's? Gehen Sie zum Dienst oder doch zum Wirt, um Karten zu spielen?"

Dabei schmunzelte er fröhlich vor sich hin und ging sicherlich den angenehmeren Weg, als den zur Arbeit. Wenden wir uns wieder Pfarrer Bonifazius zu. Dieser edle und vollkommene Mensch lief oft schon früh morgens durch seine Gemeinde und ermahnte jeden, der im Begriff war, den heiligen Pfad der Tugendhaftigkeit zu verlassen. Doch nicht jeder seiner Schützlinge war ernsthaft gewillt, ein braves und sittsames Leben zu führen! Manche Zeitgenossen waren sogar richtig verdorbene Saukerle, die selbst noch bei Androhung des qualvollen Höllenfeuers herzhaft lachten. Nichts konnte ihn in seinem missionarischen Eifer bremsen, ganz im Gegenteil, dies spornte ihn geradezu an, an diesen gefallenen Engeln weiterhin heftige Überzeugungsarbeit zu leisten. Nur ein einziges Mal in seiner gesamten seelsorgerischen Amtszeit wurde unser Hochwürden sehr, sehr wütend.

Wie jeden Sonntagmorgen üblich, bereitete sich unser hochehrwürdiger Bonifazius auf seine heilige Sonntagsmesse vor, doch zu seinem Entsetzen erblickte er nur die Frauen aus dem Dorf und deren Kinder, die sich zur Messe eingefunden hatten.

Die Kirche war halb leer, von den Männern fehlte jede Spur. Als er das Trauerspiel seiner fast leeren Kirche sah, wurde Bonifazius fuchsteufelswild und schrie voller Zorn:

„Diese Halunken, diese Halsabschneider, denen werde ich den Sonntagsmarsch gehörig blasen! Die kenn ich, die gottlosen Verbrecher muss man nicht lange suchen, ich weiß ganz genau, wo sich das unnütze Gesindel herumtreibt. Die Kerle sitzen sicher beim Wirt und spielen Karten und bei dieser Gelegenheit saufen sie sich auch noch einen besinnungslosen Rausch an. Nur ihre mitleiderregenden Frauen und deren Kinder sollen meiner Messe beiwohnen. Aber wartet nur, nicht mit mir, nicht mit Pfarrer Bonifazius! Wenn Euch der Teufel nicht holt, dann werde ich es statt seiner tun!"

Eilig lief der Geistliche nach Hause, öffnete den

Waffenschrank, nahm sein Schrotgewehr heraus und ging geradewegs zur verrufenen Dorfschenke, wo seiner Meinung nach der gesamte Männersumpf eine üble Orgie nach der anderen feierte. Unser Pfarrer riss die Kneipentür, bewaffnet mit seinem Gewehr auf und schrie in das sündhafte Gastzimmer:

„So, ihr Lumpenpack, da seid ihr also! Ihr geht jetzt alle ohne zu murren mit mir in die Kirche oder ich verpasse euch eine nette Ladung Schrot in Euren versoffenen Hintern, auf geht's!"

Und um der Situation eine eindringliche Warnung zu geben, jagte der Pfarrer eine gehörige Ladung Schrot in die Zimmerdecke des Kneipengastraumes. Spätestens jetzt wurde auch dem abgebrühtesten Kerl klar, was die Stunde geschlagen hatte. Dies war die Rache des Pfarrers! Mit dem Schrotgewehr im Anschlag führte unser geistlicher Herr seine lieben Schäfchen aus der Spelunke heraus direkt ins Freie. Wer nicht mehr gehen konnte, wurde von den anderen getragen. Mit dem Gewehr des Pfarrers Bonifazius im Rücken gingen die Saufbrüder brav und geordnet in Richtung Dorfkirche. Allen voran schritt stolzen Hauptes unser nichtsnutziger Dorfpolizist Hauptwachtmeister Budlich, der mit seinem hochroten Kopf vermuten ließ, dass er schon einige Liter Bier in seiner Blutbahn hatte. Der ganze Sauhaufen marschierte im Gleichschritt vor dem Pfarrer einher. Die ganze Menschenschlange erinnerte an eine heilige Wallfahrtsprozession auf dem Weg nach Rom. In der Kirche dann sollte Bonifazius mit einem lauten Donnerwetter den armen Stammtischbrüdern fast den Kopf zerbersten lassen. Nun sprach unser Hochwürden in einem freundschaftlich angenehmen Ton zu seinen Schützlingen:

„Liebe Frauen, und vor allem meine lieben Engelchen (Kinder), haltet doch bitte mal Eure Ohren zu, denn jetzt wird es wohl etwas lauter werden!"

Mit sehr lauter und unangenehmer Stimme vollzog unser geistlicher Herr seine Messe, absichtlich unharmonisch, dass selbst die Betrunkensten von allen hochschreckten und schlagartig nüchtern wurden.

„Ihr Saubande, was fällt Euch ein, Karten zu spielen und zu saufen, während Eure herzensguten Frauen und die lieben Kinder andächtig meiner heiligen Messe zuhören. Aber ich seh' schon, jeder tut das, was er am besten kann. Eure Frauen werden zweifellos heilig werden, Ihr aber könnt eh' nur Schafkopf spielen und bechern bis zum bitteren Umfallen, Euch allen kann ich ohne Skrupel sagen, in Eurer sündigen Haut möchte ich nicht stecken! Ihr werdet alle, ohne Ausnahme, ganz tief unten in der Hölle von Luzifer höchstpersönlich gegrillt werden!"

Nach zehn Minuten war für die Frauen und ihre Kinder die heilige Messe endgültig vorbei. Für die lasterhaften Männer jedoch sollte die heilsbringende Zeremonie noch weitere zwei Stunden andauern. Mit einem satanischen Grinsen absolvierte der Pfarrer seine heilige Messe. Bei dieser Gelegenheit erklärte der heilige Mann den alkoholgeschädigten Sündern das alte, wie auch das neue Testament. Besonderes Augenmerk legte Pfarrer Bonifazius aber auf die zehn biblischen Gebote - ausführlicher an der Stelle des heiligen Buches, in der es hieß:

„Du sollst nicht Ehe brechen"

oder das viel wichtigere Gebot,

„liebe Deinen Nächsten", da er mit tausendprozentiger Sicherheit ahnte, dass dieses Saupack besonders an diesen göttlichen Richtlinien kläglich versagte. Dem Pfarrer bereitete es eine Höllenfreude, einmal all seine männlichen Schäfchen wirklich leiden zu sehen - besonders der Anblick derer, bei denen sich der Alkoholspiegel langsam aber sicher abbaute und das mörderische Durstgefühl begann. Manchen der unheiligen Seelchen sah man an, dass sie kurz vor dem jämmerlichen Dursttod standen! Bei manchen hatte man das Gefühl, sie würden - allen Widrigkeiten zum Trotz - sofort an den Weihwasserkessel stürmen und das gesegnete Nass bis auf den letzten Tropfen leer saufen. Ihre Zungen waren mittlerweile derart trocken, sie hätten gut und gerne mit jenem Körperteil die ganze Kirche sauber und staubfrei fegen können.

Nach dieser leidenschaftlichen Blutrede entließ unser Pfarrer Bonifazius seine kurz vorm Dursttod leidenden, aber geläuterten Sünder mit den Worten:

„Nun, meine lieben Engelchen, geht nach Hause zu Euren braven Ehefrauen und Euren Kindern. Versucht nicht weiter zu sündigen, Ihr müsst mir ewig dankbar sein, dass ich Euch verfluchten Saukerle vor der qualvollen Höllenpein errettet habe, Amen!"

Nach diesem ergreifenden Schlusswort stürzten alle Männer, getrieben von höllischem Durst, sofort ins Freie. Wenn ein Fluss oder gar ein See den Weg gekreuzt hätte, sie hätten diesen mit größter Sicherheit leer getrunken, selbst auf die Gefahr hin, dass sie an den vielen tausend Fischen des Gewässers qualvoll erstickt wären.

Trotz aller Bemühungen des Pfarrers, die Weste seiner Schützlinge rein zu halten, bekam Pfarrer Bonifazius des Öfteren seine Zweifel. Wie oft fragte er sich im Geheimen:

"Was ist eigentlich eine Sünde? Man hört zwar oft von den verderbten Untaten, die für unsereinen verboten sind, die aber scheinbar allen sehr viel Spaß bereiten!"

Der Drang, auch einmal zu sündigen, wurde für den ehrwürdigen Gottesmann von Tag zu Tag zu einem ständigen Begleiter. Abends in seinem Bett betete er zu seinem Chef, dem lieben Gott:
„Herr, warum befreist du mich nicht von der Versuchung, eine Riesendummheit zu begehen?"
Den ganzen lieben Tag über beschäftigte sich Bonifazius mit dem unheilvollen und zudem verbotenen Gedanken, endlich auch mal mit einer hübschen Dame eine lustvolle Sünde zu begehen.
Trotz auferlegter Strafen wie dem Beten von Hunderten Vaterunser, sollte es unserem geistlichen Herrn nicht gelingen, seine Gedanken vor einer frivolen Dummheit zu befreien. Doch eines Tages hatte er seine Nase von all dem Gesülze wie Sünde und dergleichen, gehörig voll und fasste den unrühmlichen Plan, eine käufliche Dame in der fernen Hauptstadt zu besuchen.
„München ist sehr weit von meinem Heimatdorf entfernt, hier sieht mich außer meinem Chef, dem lieben Gott, niemand! Vielleicht verzeiht er mir mein törichtes Fehlverhalten. Und heiliger Papst wollte ich sowieso nie werden! Also, auf nach München!"
Mit diesem Gedankengut sollte der Niedergang unseres heiligen Mannes seinen Anfang nehmen. Sofort nach der Ankunft in München arrangierte der Gottesmann ein erotisches Treffen mit einer aparten horizontalen Dame mit dem wohlklingenden Namen Fräulein Lydia. Diese Dame sollte also der Grund für den Verlust der Heiligkeit unseres ehrwürdigen Herrn Pfarrers sein, was jedem echten Mann einleuchtend sein sollte, der dem Fräulein jemals begegnet war. Diese gut aussehende Dame ist keine Sünde, nein, sondern eine engelhafte Offenbarung. Was bedeutet da schon der Verlust eines schnöden

Heiligenscheins! Nachdem die finanzielle Sachlage geklärt war, ging es heftig zur Sache. Unser Herr Hochwürden lernte zum ersten Mal, was es bedeutet, eine Sünde zu begehen. Das Fräulein Lydia nahm ihren ungewöhnlichen Kunden gekonnt liebevoll in die Mangel, sodass der heilige Mann gleich mehrere sündhafte Runden mit der leckeren Liebesdame vollzog. Als Beide mit ihrer verwerflichen Gymnastik fertig waren, ging es ans Bezahlen.

Vereinbart waren dreihundert Euro, aber das Fräulein Lydia gewährte allen männlichen Jungfrauen und ein solcher war ja unser Gottesmann, einen Bonus von fünfzig Euro. Die Dame nahm also nur zweihundertfünfzig, in der Hoffnung, sich einen neuen Stammkunden geangelt zu haben. Nachdem Lydia das Geld erhalten hatte, sprach sie zu ihrem Freier:

„Nun, Herr Hochwürden, wir sind eigentlich gar nicht so grundverschieden, wir Beide, Sie predigen von der Kanzel herab:

„Liebe deinen Nächsten!"

Ich aber tue dasselbe in meinem Bett - nur bekomme ich satte zweihundertfünfzig Euro für diese Form von wahrer Nächstenliebe!"

Anhang:
Nachdem Pfarrer Bonifazius seinen Heiligenschein endgültig verloren hatte, konnte er sich getrost mit den anderen Männern des Dorfes den Gelüsten wie Kartenspielen, gutes Bier trinken hingeben und sich hin und wieder von Fräulein Lydia auf angenehme Weise verwöhnen lassen. Nach diesem positiven Schlüsselerlebnis war unser Pfarrer genauso beliebt wie der Dorfpolizist Hauptwachtmeister Budlich.

„Also, liebe Leser, nehmt euch ein Beispiel an unserem hoch ehrwürdigen Herrn Pfarrer und praktiziert edle Nächstenliebe!"

8   Pthirus pubis

Ich kenne da so einen Kerl, ein wissenschaftlicher Typ. Dieser eingebildete Snob wirft ständig mit unmissverständlichem Latein um sich! Damit will er allen zeigen, wie belesen er ist. So ist er eben, unser Dieter. Aus diesem Grund nennen ihn alle nur Herr Professor. Eigentlich ist Dieter eine faule Ratte, der sein Psychologiestudium vorzeitig abgebrochen hatte. Ich bin mir fast sicher, dass er nur deshalb zur Uni ging, damit ihm sein Vater seinen monatlichen Barcheck übergab. Doch irgendwann war Schluss mit studentischer Lebensfreude! Sein Vater und zudem sein Mentor ist im letzten Jahr mit vierundachtzig einem Herzinfarkt erlegen. Und Dieter selbst ist wohl zu alt, um noch mal ein Studium zu beginnen! Da bleibt nur das eine, entweder zu arbeiten oder die Karriere als arbeitsloser Taugenichts anzustreben.

Unser Herr Professor Dieter entschied sich für Letzteres.

Er zog es lieber vor, zu hungern. Das hässliche Wort „ARBEIT" jedoch lehnte er vehement ab. Auf einen intellektuellen Schöngeist wie ihn warteten auf dieser Welt sicher erhabenere Aufgaben, als sich sein Geld mit unwürdigem Sklavendienst zu verdienen. Und dieser überhebliche Kerl kam eines Abends uneingeladen wie immer zu einem von uns organisierten Grillfest. Sofort überschüttete er uns mit hochgeistigem wirrem Zeug. Das eine Mal begann er zu politisieren, dann wieder wollte er uns mit seinem medizinischen Wissen beeindrucken. Wir alle hörten ihm gebannt zu, obwohl wir in unserem Innersten gelangweilt gähnten. Doch dies schreckte den unsensiblen Besserwisser keineswegs ab, uns mit seinem wissenschaftlichen Firlefanz vollzulabern. Mit

51

sichtbarem Stolz erzählte er, was ihm neulich Gutes widerfahren ist:

„Meine Lieben, stellt Euch mal vor, was ich von meiner Exfreundin zu meinem vorgestrigen Geburtstag geschenkt bekommen habe? Ihr werdet es nicht erraten!"

Unser Oberchaot Franz sprach als Erster:

„Na, was bekommt man schon Schönes von einer Ex?"

„Ich vermute mal, sie hat dir einen unschönen Brief vom hiesigen Gericht wegen eventuellen Unklarheiten einer bevorstehenden Vaterschaft zukommen lassen! Dieter, die Tante will jeden Monat Alimente von dir! Hey Mann, such dir schon mal einen gut bezahlten Job!"

„Aber nicht doch", antwortete Dieter, „Ihr geistigen Analphabeten, meine Ex, die Sandra schenkte mir als ich mit ihr Schluss machte **(Richtigstellung: nicht er beendete die Beziehung, sondern Sandra! Auch ihr wurde seine ewige Besserwisserei auf Dauer zu viel!)** "

„Na sprich schon, was hat sie dir geschenkt?", fragten wir ungeduldig.

„Meine Ehemalige vermachte mir zum Abschied einige nette und sehr anhängliche Tierchen. Diese tragen den lateinischen Namen Pthirus pubis."

„Was für Tiere sagtest du?"

„Pthirus pubis! Meine Freunde, einmal, wirklich nur ein einziges Mal muss ich passen, ich kenn´ diese Tiere auch nicht! Auf jeden Fall sollen diese recht treu an ihrem Besitzer hängen!"

Wir gönnten Dieter seine Freude über sein tierisches Abschiedsgeschenk. Aber um ehrlich zu sein, uns war es egal. Es wurde spät, und da jeder sein Quantum Alkohol intus hatte, gingen wir leichten Fußes nach Hause. Ich kannte Dieters Ex. Auch ich war mal für ein paar Wochen mit Sandra liiert. Ich wollte unbedingt erfahren, um welches tierische Geschenk es sich letztlich handelt.

Ich griff mir aus dem Bücherregal ein Lexikon heraus und begann nach „Pthirus pubis" zu suchen.

Ptumis, äh nein, phj…s auch nicht. Endlich, Pthirus pubis genau jetzt habe ich sie.

„Pthirus pubis sind blutsaugende Schmarotzer, die sich bevorzugt in der menschlichen Intimgegend aufhalten. Diese Kleintiergattung klammert sich an den gekräuselten Schamhaaren ihres Wirtes und saugt dessen Blut. Die Übertragung geschieht durch unhygienischen Geschlechtsverkehr. Der Volksmund benennt diese Tiere gerne Filzläuse, Sackratten oder in manchen unsauberen Hotels (besser als Bordell bekannt) gar Oberschenkelantilopen. Zur Bekämpfung muss dringend, um weitere Verbreitung zu verhindern, ein Facharzt zurate gezogen werden!"

Als ich das las, dachte ich mir

„wir alle kennen ja Dieter und seine Tierliebe nur zu gut! Um dieses neckische Präsent seiner ehemaligen Braut wird ihn sicher keiner von uns beneiden!"

9 Rapunzel, du bist 'ne schöne Schlampe
(Eine Eros-Story aus längst vergangener Zeit)

Rapunzel, diese weltweit bekannte Kindergeschichte, die in mehreren Sprachen verfasst wurde, kennt jedes Kind. Nur, es hat zuweilen trittbrettfahrende Nachahmer auf den Plan gerufen, diese erhabene Erzählung mit teuflischer, jawohl, mit teuflischer Energie in den Sumpf der sexuellen Barbarei abdriften zu lassen. Von solch einem skandalträchtigen Exemplar, das die Märchenwelt mit unerhört schmutzigen Füßen tritt, möchte ich an dieser Stelle berichten.

Für all jene nostalgischen Märchenfetischisten unter uns habe ich einen besonderen Leckerbissen zu Papier gebracht. Die Heldin dieser mittelalterlichen Geschichte war die hübsch anzusehende Frohnatur, das Fräulein Rapunzel.

Dieser Engel hatte langes, bis zu den Pobacken hinunterreichend blondes Haar, so blond wie leuchtendes Gold. Und eine Haut hatte sie, oh Gott, so zart, so rosa wie die von einem reifen Pfirsich. Jeder Mann weit und breit bekam beim Gedanken an das Fräulein weiche Knie, und nach nur einem Atemzug gewann bei jenen ehrwürdigen Herren die versaute Unvernunft immer mehr an Macht. Das Rapunzel bewohnte einen hohen Turm aus der romanischen Frühzeit am Rande der Stadt. Sein imposantes Äußeres war schon von weitem für jedermanns Augen sichtbar, denn am Eingangstor leuchtete zu jeder Tages- und Nachtzeit eine grellrote Laterne. Nun, ich glaube, ich muss über Rapunzels Beruf kein weiteres Wort verschwenden, jawohl, das Rapunzel geht auf den Strich.

Und einmal die Woche macht sich das Lustfräulein auf den Weg, um für ihre Tätigkeit die Werbetrommel zu schlagen.

Ihr Ziel ist das nahegelegene Zentrum ihrer Stadt. Dort, mitten am Rathausplatz, nagelt Rapunzel ihre Annonce mit all ihrem umfangreichen Kundenservice darauf an die schwarze Werbetafel. Der Text lautet:

„Spielfreudiges Fräulein mit einem sündhaft geilen Körper empfängt einsame Männerherzen in luxuriösem Ambiente. Für einen wahrhaft kleinen Unkostenbeitrag erfülle ich jeden noch so ausgefallenen Wunsch. Ich arbeite absolut diskret und ohne Tabus. Von mir werden alle großzügigen Herrn aufs lustvolle Korn genommen. Anschließendes Nachkuscheln ist im Preis mit inbegriffen. Meine ehrenwerten Herrn, läutet am Turm mit der roten Lampe, und das bitte dreimal! Auf geht's, ich warte!"

Auch wenn Rapunzel von allen Bürgerinnen der Stadt bis auf das Blut gehasst wird, so wird sie umso mehr von der männlichen Bevölkerung aufs Heftigste begehrt. Kein Wunder - bei ihren drallen Vorzügen!

Ihre zahlreichen Freier standen Schlange vor jenem Turm und warteten geduldig auf ein Schäferstündchen mit Rapunzel und das konnte, weil so begehrt, sehr, sehr lange dauern. Sie war halt der geborene Menschenfreund. Alle, ob arm oder reich verhalfen unserem mittelalterlichen Callgirl zu einem angenehmen Leben. Diese exklusive Dienstleistung am Herrn blieb eben niemanden verborgen. Ihre Beschäftigung sollte von der untersten, also der ärmsten, bis hoch hinauf zur höchsten Gesellschaftsschicht reichen. Jeder dauergeile Hengst in der Stadt, ob ledig oder verheiratet, besucht dann und wann, wenn es das Finanzbudget erlaubt, die anmutige Bordsteinschwalbe. Und das Supermodell Rapunzel gab ihr Bestes. Mit dieser erotischen Praline möchte jeder ein himmlisches Freudenfest feiern.

Doch keiner der edlen Herren konnte das Schicksal erahnen, das über ihre biedere Stadt hereinkommen sollte. Gerade dieses Fräulein stürzte die Stadt sowie das gesamte Königreich in eine unaufhaltsame Staatskrise. Wieso, werden mich einige Zeitgenossen fragen? Ich werde euch den Sachverhalt erklären.

Der König und seine Gattin hatten nur einen einzigen Sohn, Prinz Eugen. Und der royale Lauser feierte mit dem gesamten Hofstaat seinen sechzehnten Geburtstag. Bei dieser feierlichen Zeremonie begab sich Prinz Eugen, wie jedes Jahr üblich, unter das gemeine Volk, um Volksnähe an seinen getreuen Untertanen zu demonstrieren. Im Rathaus fand zu seinen Ehren ein üppiges Geburtstagsbankett mit den amtierenden Ministern, Stadträten und verdienten Bürgern statt. Dort wurde, auf des Königs Kosten, gegessen, getrunken und getanzt.

Jeder der Anwesenden hatte seinen Spaß, nur das Geburtstagskind Prinz Eugen langweilte sich tödlich. Um nicht einzuschlafen, sah er aus dem Fenster und beobachtete das lebendige Treiben unten am Rathausplatz. Doch auf einmal erschrak unser Prinz. Mit einem Fingerzeig wandte er sich an den Minister:

„Minister sprich! Wer in Gottesnamen ist dieses Fräulein dort unten?"

„Mein erlauchter Prinz, das ist unser Rapunzel. Aber ihr solltet sie meiden!"

„Warum", wollte der Prinz von seinem Minister wissen.

„Mein Prinz, diese Dame verdient ihr Geld mit unsittlicher Arbeit. Sie geht auf den Strich."

Die Neugier des Prinzen wurde immer stärker:

„Was bedeutet auf den Strich gehen?" Ich sehe da unten keine Linie, die das Fräulein entlang laufen könnte. Das müsst Ihr mir schon etwas näher erklären!"

„Mein Prinz, bitte, lasst Euch dies von Eurem Vater, dem erhabenen König, erklären!"

Unser Prinz ist ein verzogenes Muttersöhnchen, dem man jeden Wunsch von seinen Augen ablas. Nur eines blieb dem jungen Mann verwehrt: körperliche Liebe. Jawohl, der Prinz ist mit seinen sechzehn Lenzen noch eine Jungfrau. Der Arme muss noch selbst Hand an sich legen, denn vom anderen Geschlecht hatte der Jüngling keine Ahnung. Doch irgendwann findet jeder den Zugang zum anderen Geschlecht. Und mancher einer findet schnell Gefallen an der schönen Weiblichkeit. Das Fräulein Rapunzel hat die Neugier unseres Prinzen auf weibliche Formen geweckt. Beim Abendmahl mit Vater und Mutter begann er zögerlich das Thema,

„Rapunzel", anzusprechen:

„Verehrter Vater, sag mir, was es bedeutet wenn eine junge Frau auf den Strich geht. Und was bedeutet unmoralisch?"

Sehr erstaunt über die Frage seines Sohnes versuchte der König zu antworten:

„Mein Prinz, wer hat dir solche Flausen in deinen jugendlichen Kopf gesetzt."

„Na wer wohl, dein Minister", antwortete der Prinz.

„Mein Junge, der Minister ist ein Depp. Also auf den Strich gehen bedeutet, dass, wenn ein Mann mit einer fremden Frau Händchenhalten will, sie dann sehr viel Geld dafür bekommt. Deine Mutter und ich, wir suchen dir in ein paar Jahren eine hübsche Prinzessin, bei der darfst du ganz umsonst ihre zarten Hände halten. Glaub mir, Sohn kommt Zeit, kommt Rat!"

Nach dieser lehrreichen Unterhaltung mit seinem Vater war unser Prinz genauso schlau wie zuvor. Später! Vor lauter Sehnsucht lag unser Held völlig steif und angespannt in seinem Bett. Der Gedanke an die liebreizende Rapunzel ließ ihn nicht zur Ruhe kommen. Erst nach einer heftigen Runde Einmannsex schlief unser verliebter Prinz entspannt ein.

Am nächsten Morgen, die bekleckerte Bettwäsche war gewechselt, stand der Prinz im Badezimmer und wusste sich keinen anderen Rat, als seinen heimlichen Freund Jakob, den Hofnarren, zu seinem Problem zu befragen:

„Jakob mein Guter, sag mir, wie ist das mit den Frauen? Oder, was in Gottes Namen bedeutet „auf den Strich gehen", los, sprich!"

Erst der war bereit, ihn in diesen intimen Dingen aufzuklären.

„Mein Prinz, ich kann Euch garantieren, Frauen sind das Beste, was der liebe Gott in all den Tausenden von Jahren erschaffen hat. Nichts ist mit ihnen vergleichbar, alles an den holden Geschöpfen ist grandios, ja sogar göttlich. Was schmeckt schon besser als der Kuss einer attraktiven Frau!"

„Besser als Zwetschgenkuchen?", fragte der Prinz.

„Aber ja doch, viel, viel besser! Diese können dir, mir und dem Rest der Welt den Verstand rauben. Man kann sogar vor so viel graziler Anmut verrückt werden."

„Dann erkläre mir alles, was ich tun muss, damit auch ich die Freuden der Liebe erleben darf!"

Und so geschah es, dass unser Prinz nicht von seinen

Eltern, sondern von seinem Freund, dem Hofnarren, in alle Variationen der körperlichen Liebe eingeweiht wurde. Nachdem die Beiden den ganzen Nachmittag über jenes Thema geplaudert hatten, stand für Prinz Eugen sein Entschluss fest:

„Ich besuche das Fräulein Rapunzel!"

Nur eine Hürde scheint es noch zu geben:

„Jakob, Du musst mir Geld leihen. Mein Taschengeld für diesen Monat habe ich bereits verbraucht!"

Dieser staunte nicht schlecht und dachte sich:

„was für jämmerliche Zeiten sind das! Ein Hofnarr muss das Königreich mit seinen Talern retten!"

Aber schon im Mittelalter hieß es: tue alles Gute für Deinen Herrn, selbst wenn es Dir unmöglich erscheint! Du wirst eines Tages in seiner Gunst erkannt werden und eine emporsteigende Bilderbuchkarriere starten. Mit tränenden Augen gab der im Staatsdienst stehende Hofnarr seinem Herrn das von ihm verlangte Geld. Sofort rief der Prinz nach seinem Stallmeister, dass der ihm ein Pferd satteln solle. Mit dem geliehenen Geld galoppierte der erregte Jüngling eilig aus dem Palast in Richtung des rot beleuchteten Turms. Adresse „Modell Rapunzel".

Dort angekommen, läutete unser Prinz die verlangten dreimal.

Sofort ging im zweiten Stock das Fenster auf und das Fräulein Rapunzel mit ihrem goldblonden Haar sah erwartungsvoll zu ihrem neuen Freier herab. Für unseren Helden war nun klar:

„diese Traumfrau soll mich aus der Umklammerung der Jungfräulichkeit befreien! Die oder keine!"

Natürlich war das Rapunzel für eine aufregende Nummer mit dem gut aussehenden Prinzen zur Stelle. Eine solch einmalige Chance bot sich ihr nur einmal. Und so durfte Prinz Eugen das Etablissement betreten. Voller Ehrfurcht über das hübsche Fräulein sprach er zu ihr,

„Rapunzel, du Schöne, lass mich ein kleines Lichtlein in deinem wollüstigen Feuerwerk sein!"

Das Supergirl willigte ein und war gerne zu einem versauten Schäferstündchen mit Eugen bereit. Mit zittriger Hand reichte der völlig verblüffte Prinz seiner Venus das Geld für Ihre anstehende Arbeit. Sie sah den Jungen lange an und sprach dann:

„Mein süßer Prinz, du darfst mich gratis bumsen, komm, das schnöde Geld werfen wir aus dem Fenster, sollen sich doch die Armen darum streiten!"

Prinz Eugen konnte seine weit aufgerissenen Augen nicht von der appetitlich aussehenden Liebesdame Rapunzel und den zwei netten Dingern die sie ihm mit Freude anbot, lassen. Die aber packte ihren unzurechnungsfähigen Freier am Arm und führte ihn in ihr aufwendig gestaltetes Liebesnest. An diesem Ort sollte das Schicksal von Prinz Eugen seinen Lauf nehmen. Rapunzel nahm sich die Jungfrau mit vollem Eifer und dem Einsatz ihrer spaßmachenden Kunst zur Brust. Das Stöhnen und Schreien der beiden Endlospopper konnte man in der ganzen Stadt deutlich hören. Ein Wunder, dass der Turm die vielen Erschütterungen heil überstanden hatte! Drei Stunden später, das Rapunzel und ihr jugendlicher Liebhaber lagen glücklich verliebt, aber auch total fix und fertig in ihren Armen und schworen sich ewige Liebe.

Jetzt wird mancher rätseln: Wie kann es sein, dass ein wohlbehüteter Prinz und eine Prostituierte ein Paar wurden? Dies kann mit wenigen Worten erklärt werden. Rapunzel, die Megabraut, war nur äußerlich eine Frau, bei näherem Hinsehen entpuppte sie sich mit Gliedmaßen, die auch ihrem Prinzen bekannt sein dürften. Die wohlproportionierte Dame war ein Mann oder zum besseren Verständnis - er war eine verkommene Tunte. Nichts gegen verliebte Tunten, die Natur hatte auch für jene Vögel einen Platz auf unserer Welt geschaffen! Aber ein Prinz, der sich von einem solchen Unikum verführen lässt, verheißt nichts Gutes. Den anderen Freiern machte Rapunzels Umstand weniger aus, für die war Sex entweder gut, oder schlecht, aber bei Rapunzel waren sich alle einig:

„eine bessere Popperin gibt es kein zweites Mal auf dieser Welt!"

Es kam, wie es kommen musste, der Prinz verlor seine Heterosexualität, outete sich und wurde zur allgemeinen Freude seiner Eltern schwul.

Prinz Eugen oder Prinzessin, dies ist wohl noch nicht restlos geklärt, lackierte sich die Fingernägel mit knallrotem Nagellack und tanzte wild und hemmungslos mit seiner neuen Liebe die ganze Nacht hindurch. Dazu trug er einen sündig durchsichtigen Seidenrock, in dem seine makellos runden Arschbacken zur großen Freude Rapunzels vollends zur Geltung kamen. Durch diese alles verzerrende Mann zu Mann Liebe mussten des Prinzen Eltern auf thronfolgende Enkelkinder verzichten. Durch das ehrlose Treiben ihres Sohnes blieb dem Königspaar nichts anderes übrig als resigniert die weiße Fahne zu schwenken.

Jawohl, die Verzweifelten gaben sich jäh geschlagen. Der König und seine Gattin, die Königin, mussten zusehen, wie das große Reich in kleine unbedeutende Provinzen zerfiel.

In den Geschichtsbüchern jener Zeit stand:

„eine Liebe zwischen Mann, alias Rapunzel, und Prinz Eugen hatte das aufblühende Königreich zu

Fall gebracht und es in den Abgrund gestürzt. Ein neues Sodom und Gomorrha sollte ins Land hereinbrechen."

Und des Weiteren konnte man einen Satz lesen, der eigentlich alles erklärt:

„Rapunzel, die verkommene Schlampe war an allem schuld!"

Die unzähligen Sympathisanten oder Kunden, Freier egal wie auch immer, schrieben im selben Zeitraum:

„Unser Rapunzel, die größte Schnalle des Universums, sie lebe hoch, hoch. Dreimal hoch!"

10 Titanic 2

Mein Kater Lindos und ich - eine unendliche Liebesgeschichte! Dieses Tier ist schon einige Zeit verstorben und trotzdem muss ich immer noch an ihn denken. Besonders dann, wenn ich mich an sein Bravourstück erinnere.

Diese Katze war kein gewöhnlicher Sofatiger, oh nein, dieses Mistvieh war schlauer als all die anderen seiner Gattung!

Mein Lindos war der Daniel Düsentrieb* unter dem Katzenvolk.

Kein Wunder - war er doch in seiner Jugend ein obdachloser Straßenkater auf der griechischen Insel Rhodos gewesen. So was prägt, meine Herrschaften! Nur so entwickelt man eine gehörige Portion Selbstvertrauen und reift zu einer Persönlichkeit heran!

Von einem ganz anderen Holz geschnitzt war sein damaliger Freund und Mitbewohner meiner Wohnung der Schnapsi, ebenfalls ein Kater. Diese gemütliche Schlaftablette war eigentlich keine sonderlich helle Leuchte, es genügte ihm, dass er nur sehr schön war.

Aber diese Geschichte handelt von Lindos und seiner Freundin-Kätzin Kri-Kri. Der Schnapsi war zu jener Zeit schon acht Jahre tot. Schade!

Es war an einem Montag um halb fünf Uhr Morgen vor fünf Jahren! Ich lag völlig schlaftrunken im Bett und träumte von einem Picknick im Paradies, wo ich von Dutzenden schönen Elfen und holden Prinzessinnen umringt war. Plötzlich vernahm ich ein ungewöhnliches Geräusch und meine beiden Katzen schrien, als ginge es um ihr Leben.

Mir blieben zwei Möglichkeiten, die eine wäre, so zu tun, als sei nichts gewesen, die andere bedeutete, dass ich meinen Traum verlassen musste.

Glaubt mir, man entscheidet sich immer für die schlechtere Option.

Also stieg ich aus meinem Bett, obwohl jeder weiß, dass ich ein unverbesserlicher Morgenmuffel bin! Ich schleppte mich mit letzter Kraft zur Küche. Aus diesem Raum vernahm ich das undefinierbare Geräusch. Meine Herrschaften Sie werden es mir nicht glauben, aber beim Öffnen der Küchentür erlebte ich mein eigenes Waterloo!

Ich traute meinen Augen nicht, mit einem Schlag verließ ich das von mir zuvor geträumte Paradies, die hübschen Elfen samt Prinzessinnen lösten sich in Luft auf.

Warum, werden Sie mich fragen?

Wissen Sie, wie es sich anfühlt, mitten in der Nacht barfuß ins kalte Wasser zu steigen? Nein? Ich schon, ich hab diese erfrischende Erfahrung gemacht!

Es ist für jeden Nachtmenschen ein absolutes Highlight mitten in der Nacht in einem Zimmer zu stehen, in dem man gut und gerne Goldfische schwimmen lassen konnte.

Ja, was ist denn nun passiert? Ein Drama! Ein Drama ist passiert!

Mein Liebling Kater Lindos bekam mitten in der Nacht Durst und da ich keinen Wasserhahn zum Drehen, sondern einen zum Kippen hatte, dachte der sich, er könnte sich selber bedienen. Das Wasser fließen zu lassen war für meine Katze ein leichtes, es wieder abzuschalten, das konnte auch der Lindos nicht! Und das Resultat war mit einem Schlag stand meine gesamte Küche unter Wasser!

Und was taten meine lieben Katzen?

Diese Saubande saß triefend nass auf dem Küchentisch und schrie wie die armen Seelen auf der sinkenden Titanic um ihr Leben!

Ich wusste sofort, das Malheur konnte nur von Lindos kommen! Mein erster Gedanke war, ich zieh´ meinen Miezen das Fell über die Ohren und mach daraus eine wärmende Rheumadecke!

Denn, was kann es Schöneres geben, als um halb fünf Uhr Morgen die Augen zu öffnen um dann anschließend im Akkord eiskaltes Wasser zu schippen? Das viele Wasser war das eine Problem, mein Chef das andere!

„Verdammt noch mal", schrie ich meinen Lindos an, „wie erklär ich meinem Boss, dass meine unwürdige Katze die Küche zu einem Aquarium umgestaltet hatte!"

Wütend wie ich zu diesem Zeitpunkt war, wischte ich mit der flachen Hand mehrere Liter Wasser in Richtung meiner Katzen. Warum sollte nur ich das Vergnügen haben, im eiskalten Wasser zu waten! Mein Schatz Lindos sollte bei dieser Gaudi mit von der Partie sein und nicht leer ausgehen!

„Wenn mein Schatz eine Beach-Party wünscht, dann kriegt er eben eine!" Sagte ich grollend zu mir.

Was meinem Chef betrifft, sollte ich Recht behalten, der glaubte mir kein einziges Wort!

„Na, Herr Deuml, wie viel Bierchen hatten Sie gestern?", sagte er zu mir am Telefon.

„Schämen Sie sich, der armen Katze die Schuld zuzuweisen. Mann, eine doofere Ausrede ist Ihnen nicht eingefallen!"

Irgendwann am Vormittag hatte ich alles im Griff, das Wasser war weggeschöpft bis auf einige Pfützen. Aber der Bodenbelag wie auch die Schränke waren hinüber! Es wird wohl nichts daraus, am Wochenende im Biergarten den feinen Maxe zu spielen. Jetzt hieß es, die gesamte Küche zu renovieren.

Das war die amüsante Story von Kater Lindos und der überschwemmten Küche.

Heute kann ich über diese Anekdote um Lindos herzhaft lachen.

Und wenn ich in der Zeit zurückdenke, spreche ich oft, wenn es die Zeit erlaubt, zu meinem Schatz Lindos.

„Mein treuer Freund, egal wo du gerade dein Unwesen treibst, glaub´ mir, du fehlst mir sehr! Du warst mir schon ein toller Bursche! Doch das mit der überfluteten Küche war dein verrücktester Stunt! Aber wer sollte dir schon böse sein! Mit deinem Charme hast du uns eh´ alle um die Pfote gewickelt! Und noch was. Fast hätte ich vergessen, dass Du gerne und ausdauernd und meistens viel zu viel gefressen hast, also bitte mäßige dich! Lass den anderen Miezen auch noch einige Mäuse übrig!"

Hochachtungsvoll, Dein ehemaliger Butler.
Du weißt schon, der mit der Genehmigung zum Dosen Öffnen.

*Daniel Düsentrieb ist der begnadete Ingenieur
aus dem bekannten Comicheft Mickey Maus.

11 Halber Preis

Weihnachtszeit! Da hat selbst der eingefleischteste Junggeselle das dringende Bedürfnis - oder mehr noch - eine gewisse Sehnsucht nach zwischenmenschlicher Wärme! Und wenn diese Wärme nicht auf üblichem Wege zustande kommt, dann muss der finanzielle Aspekt einspringen, um an die erwähnten Zärtlichkeiten zu kommen. So erging es Stefan, einem alleinstehenden Boheme, der ständig an einem unsichtbaren finanztechnischen Hungertuch nagte. So sind sie nun mal, unsere Lebenskünstler!

Am Nachmittag des Heiligen Abends zählte Stefan schon zum vierten Mal sein ganzes Geld. Und nach reichlicher Überlegung kam er freudig zu dem Ergebnis

„Hurra, das reicht für einige Nummern tollen Sex mit der rasiermesserscharfen Lola!"

Nach einem ausgiebigen Schönheitsbad und einer stärkenden Mahlzeit bestehend aus sechs Spiegeleiern macht sich unser triebiger Freund mit dem Fahrrad und dem Ersparten auf den Weg zu seinem heißen Date. Auf seiner Tour zu jener bezaubernden Dame hatte er alles andere als heilige Festtagsgedanken in seinem Kopf.

„Am Heiligen Abend zu poppen, wau, das bringt es total, denn an einem Tag wie Weihnachten sind selbst die abgebrühtesten Nutten in weihnachtlicher Feststimmung! Und außerdem ist es weltweit das Fest der Liebe!"

An Lolas exklusivem Arbeitsplatz angekommen, sah Stefan in ein Schaufenster, strich sich mit einem Kamm seine Haare zurecht und läutete an der Tür zu Madame Lolas Eingangstür.

Hier wollte er sein zwischenmenschliches Fest, in

Form von rhythmischen Liegestützen feiern! Die Tür öffnete sich, und siehe da, die Dame des Hauses begrüßte ihren versauten Freier in ihrer textilfreien Arbeitsuniform.

„Hallo, meine Lola-Maus, ich war schon lange nicht mehr bei dir! Darf ich eintreten, ich möchte dir und deinem Muttermal auf dem linken Busen ein schönes Weihnachtsfest wünschen. Doch dann dachte ich mir, du könntest doch gut und gerne für die nächsten Stunden mein Weihnachtsengel sein! Nun, was sagt die Dame des Hauses dazu?"

„Aber ja doch", antwortete Lola, „Mein lieber Freund, für genügend Geld werde ich dir zu gerne den Gefallen tun! Gib mir für eine Nummer sechzig Euro, dann spiele ich, wenn es dir Spaß macht, sogar noch den guten alten Osterhasen obendrauf!"

Mit strahlendem Gesicht gab Stefan seiner Lola den geforderten Liebeslohn. Und Beide verschwanden Hand in Hand in Lolas Wellnessoase, um sich zu amüsieren. Dort zogen sie sich oder genauer, Stefan pudelnackt aus. Lola trug ja schon im Vorhinein ihre delikate und aufreizende Arbeitskleidung, die aus völligem Nichts bestand. Die Beiden gaben sich dem Liebesspiel mit all seinen Facetten hin. Man kann gerne behaupten die Zwei poppten wie sexuell ausgehungerte Straßenköter - So heftig, dass im Nebenzimmer die Christbaumkugeln am heiligen Baum um die Wette klimperten! Stefan und seine Lola hatten gerade ihre erste Runde erfolgreich hinter sich gebracht, da sprach Stefan zu seiner hübschen Gymnastiklehrerin:

„Aber hallo Lola, du warst bombenmäßig, du bist einfach 'ne Wucht. Mein Engel, was würdest du zu einer zweiten Popprunde mit mir sagen!"

„Sechzig Euro."

Das war die kurze, aber eindeutige Antwort des geschäftstüchtigen Callgirls Lola.

„Kein Problem, für dich, meine Lola-Maus, hab ich noch genügend Geld in meiner Tasche, also lass uns ein zweites Mal loslegen!"

Da Lola eine gute Geschäftsfrau ist und mordsmäßigen Spaß an ihrer Arbeit hatte, war sie gerne zu einen erneuten Sexmarathon bereit. Und zum zweiten Mal klimperten die Ornamentkugeln am weihnachtlichen Baum.

Unser Stefan ist ein sexueller Nimmersatt, der die Liebesdame Lola an die Grenzen ihrer Leistungsfähigkeit brachte. Doch nach zwei Stunden war dann endgültig Schluss mit lustig und Fräulein Lola hielt hoffend ihre Hand auf und erwartete von ihrem Kunden, dass sich darin ein ordentliches Bündel Geld verfangen sollte.

„So, mein Freund, ich bekomm jetzt dreihundert Euro von dir, das ist mein Tarif für zwei Stunden schweißtreibende Arbeit!"

„Aber klar, meine Zuckermaus, du hast dir jeden Cent von den dreihundert Euro redlich verdient!"

Und mit einem Griff in seine Hosentasche fischte Stefan sein Portemonnaie hervor, um seiner Teilzeitliebhaberin die geforderte Summe zu überreichen. Doch mit einem Mal wurde unser Stefan kreidebleich und nach längerem Suchen in allen Fächern seiner Geldbörse musste er seiner Lola sorgenvoll gestehen:

„Lola, was soll ich sagen, ich hab nur hundertzehn Euro bei mir, ich habe mich gründlich, was meinen finanziellen Spielraum angeht, geirrt! Bitte glaub mir, ich hab mir gedacht, ich hätte weit mehr als dreihundert Euro in meiner Tasche! Aber heute könntest du ja mal für mich eine Ausnahme machen.

Es ist doch Heiligabend, das Fest der Liebe, nicht wahr! Komm schon Lola, sei keine Spielverderberin, drück doch ausnahmsweise mal ein Auge zu und verlang heute nur den halben Preis!"

„Was, du kannst mich nicht richtig bezahlen! Du bietest mir sogar großzügig an, mir nur die Hälfte meines Lohnes zu geben, aber sehr gerne, mein Freund, du weißt doch, wie sozial ich bin! Und weil heute Weihnachten ist und man seine Mitmenschen an solchen Tagen lieb haben soll, bekommen du und deine Eier eine liebenswerte Sonderbehandlung!" Versprach Lola Ihrem Kunden. Und Lola hatte dem Stefan wirklich nicht zu viel versprochen! Zu den erotischen Yogaübungen kam eine liebliche, aber leider auch schmerzhafte Sadomaso-Behandlung hinzu. Ihr ganzes Programm wie fürchterliches Beißen, Kratzen, in die Eier treten und sehr, sehr fest an seinen Haaren ziehen sollte unseren liebestollen Stefan an das liebevolle Treffen mit Lola - seinem Weihnachtsengel - erinnern. Man kann es auch gerne so formulieren: Die Lola spielte mit Stefan Tennis: Unser Freund flog von einem Zimmereck zum nächsten. Die Sonderbehandlung hatte sich Stefan sicher etwas bequemer und erotischer vorgestellt! Die wütende Lola prügelte ihren Freier quer durch den Raum.

Bei all dem Lärm ging die Türe zu Lolas Arbeitszimmer auf und im Türrahmen stand Helmut, der Beschützer und zugleich Zuhälter von Lola.

„Was ist los, Lola, hast du etwa Schwierigkeiten?"

„Aber ja doch, diese perverse Sau bezahlt mir für zwei Stunden poppen nur hundertzehn Euro und der Kerl glaubt doch tatsächlich, weil heute Weihnachten ist, treib ich es mit ihm für den halben Preis!"

Und nach diesem Satz bekam Stefan noch weitere

schmerzliche Streicheleinheiten, diesmal von Lolas Beschützer, dem grobschlächtigen Helmut. Unser Stefan ist der geborene Glückspilz. Als Festtagszugabe bekam er einen Bonus an Sonderbehandlung! Und die hatte es wahrhaftig in sich!

Selbst der kastrierte weiße Pudel von Lola, der, mit dem tanzenden Tangoschritt, verbiss sich genussvoll in Stefans Oberschenkel.

Hui, welch genussvolle Wohltat!

Eine sinnliche Sonderbehandlung jagte die nächste. Unser Stefan wurde von allen Seiten - von Lola, Helmut und dem schwulen Pudel auf sehr schmerzhafte Weise zur Brust genommen! Die Bilanz von Stefans weihnachtlichem Liebesspiel belief sich auf hundertzehn Euro futsch sowie drei Zähnen in der Hand statt im Mund, zudem eine erwähnenswert hohe Anzahl an Haaren, die in Lolas Händen hängen geblieben war! Auch die Beißattacke ihres schwulen Köters war nicht zu verachten.

Ich weiß nicht so recht, lieber Leser, das Fest der Liebe sieht für mich doch etwas anders aus! Aber wer fragt schon mich? Hauptsache, unser Stefan hatte seinen tollen und besinnlichen Weihnachtsabend!"

Die Festtagsgans bei seiner lieben Mutter konnte er dieses Jahr zwecks Mangels an Zähnen nur noch püriert zu sich nehmen.

„Das Fest der Liebe", dachte er sich,

„pah, dass ich nicht lache! Für Lola war ich der Weihnachtsmann! Mir griff die alte Glucke an den Sack und wollte auch noch Geld von mir! Diese geldgierige Amazone sieht mich nie wieder!"

Das war die Story von Stefan und seiner gemietete Freundin Lola. Eines ist klar: Diese unschöne Bescherung vom Christkind Lola wird unser Stefan so schnell nicht vergessen!

12 Mit der Börse kann man all sein Geld verlieren

Ein vermögender Mann kennt üblicherweise keine Einsamkeit. Oft schon genügt ein Wink mit einigen Geldscheinen oder der gezückten goldenen Kreditkarte. Spätestens ab dann beginnt für die meisten die Zweisamkeit. Und so erging es einem vermögenden Junggesellen, Alfred Zobel.

Dieser Herr konnte stolz von sich behaupten, ein erfolgreicher Selfmade-Millionär zu sein, der mit immensem Fleiß sein Vermögen in mehreren Firmen verdiente. Wie so oft musste unser Alfred in einer ihm fremden Stadt zu einer Tagung. Herr Zobel legte sehr großen Wert auf Luxus in einer verwöhnenden Umgebung, deshalb kam für ihn nur das beste und edelste Hotel der Stadt infrage. Aber was nützt schon ein gemütliches und komfortables Hotelbett, wenn man es nicht mit jemandem teilen durfte. Also beschloss unser Freund sich den restlichen Abend freizunehmen, um sich ins Nachtleben zu stürzen. An der Hotelrezeption erkundigte sich Herr Zobel, wo man als Fremder in dieser Stadt eine nette Damenbekanntschaft machen konnte. Für ein gutes Trinkgeld bekam unser Alfred einen brauchbaren Tipp. Jetzt wusste er, wo scharenweise attraktive Damen auf zahlungskräftige Lover Ausschau halten.

Mit einem Taxi ging es zu jenem exklusiven Tanzpalast. Dieser noble Gastroschuppen hatte wirklich alles Edle, was einem reichen Junggesellen Spaß machen würde. Schon am Eingang wurde Alfred von einem Butler, der sich um die betuchten Gäste zu kümmern pflegte, aufs Freundlichste mit folgenden Worten begrüßt:

„Sehr geehrter Herr, unser Haus wie auch ich freuen

uns Sie als unseren Gast bei uns zu haben, wir wünschen Ihnen einen sehr angenehmen Aufenthalt!"

Beim Durchwandern des Lokals standen jede Menge appetitlicher Damen, links und rechts an der Bar und warteten gespannt auf männliche Gesellschaft, mit der sie den Abend verbringen durften. Herr Zobel amüsierte sich köstlich und genoss die holde Damengesellschaft. Mit seinem angeborenen Charme sollte er zum Liebling des Abends werden. Aus einem realdenkenden Geschäftsmann wurde ein verrückter Lausbub. Mit jeder dieser Schönen tanzte er wild und hemmungslos, so als gäbe es keinen neuen Morgen.

Um sich und die Damen in Stimmung zu bringen, floss der Sekt in Strömen. Für alle Beteiligten sollte es ein unvergessener Abend werden. In einer kleinen Tanzpause sah Alfred das, was ihm noch zu seinem Glück fehlen sollte. Sie war blond, sehr schlank und hatte eine tolle Figur, wow!

Bei diesem leckeren Anblick wurden selbst kastrierte Eunuchen wieder potent. Bei dieser steilen Braut dachte sich Alfred:

„Was für ein steiler Zahn, mit der möchte ich den Abend verbringen!"

Frech wie ein verwegener Abenteurer ging er auf seine auserkorene Venus zu, gab ihr, wie es sich für einen Gentleman gehört, einen formvollendeten Handkuss.

Mit einem zärtlichen Ton sprach er das schöne Fräulein mit den blonden Haaren an:

„Mein hübsches Fräulein, darf ich mich Ihnen vorstellen, ich bin der Alfred, und wenn sie mir erlauben, würde ich Sie gerne zu einem Drink einladen. Es wäre unverzeihlich von mir, es zu riskieren, dass mir ein solch schönes Geschöpf, wie Sie es sind, einfach davonrennt!"

Mit einem gekonnt dezenten Augenaufschlag gab ihm das Fräulein zu verstehen, dass sie mit seiner Einladung einverstanden war. Mit einer engelhaften Stimme gab das wohl Schönste, was der liebe Gott je erschaffen hatte, unserem Don Juan Alfred Zobel das Jawort für einen gemeinsamen Abend.

„Aber sehr, sehr gerne mein Herr, ich freue mich riesig über Ihre Einladung. Am liebsten würde ich jetzt mit Ihnen tanzen. Oder soll ich darauf warten, dass Sie mich dazu auffordern?"

Natürlich wollte Alfred. ist doch toll, von einer selbstbewussten Frau, die auch mal die Initiative ergreift, umschwärmt zu werden. Galant führte Alfred seine neue Freundin auf die Tanzfläche.

Die beiden Turteltauben legten einen wilden und aufreizenden Tanzschritt nach dem anderen auf das Parkett. Die Zwei kamen sich dabei immer näher, so nahe, dass jeder im Raum, mit Neid erahnen konnte, was den beiden Vögelchen für eine erotische Zukunft bevorstand. Und so wie es aussah, sollte diese Zukunft nicht mehr allzu lange auf sich warten lassen! Allen Anwesenden war klar, diese zwei Verliebten sind schuld daran, wenn an den Polen das wenige, noch vorhandene Eis dahinschmilzt. Und der Menschheit stand dadurch eine weitere Klimakatastrophe bevor!

Unser angespitzter Alfred sah seine neue Freundin Susanne, so lautete ihr Name, mit gierigen Augen an. Susanne erkannte instinktiv das charmante Werben ihres dahinschmelzenden Galans und seine Absichten. Trotz einiger moralischer Bedenken war Susanne dann doch für das bevorstehende Schäferstündchen mit ihrem Alfred bereit. Doch wo soll man in dieser erhitzten Stimmung hin? Für Alfreds

Hotel war ihnen der Weg zu weit, soviel Zeit konnten und wollten die Zwei nicht für ihr lasterhaftes Vorhaben investieren. Also blieb ihnen nichts anderes übrig als ihr erotisches Abenteuer hier in diesem Hause zu erledigen.

„Komm, lass uns auf die Toilette gehen, dort sind wir vor den neugierigen Blicken, anderer Gäste sicher", flüsterte Alfred seiner Susanne ins Ohr.

Das Fräulein war sofort von Alfreds Angebot begeistert. Und so ging man unauffällig, um bei den Anwesenden kein Misstrauen zu erwecken, auf das zuvor besprochene Liebesnest. Bevor das geplante Liebesspiel begann, besorgte sich Alfred noch schnell am Automat ein Kondom. Die Beiden suchten und fanden eine kuschelige WC Kabine für ihr bevorstehendes Treiben. Dort sollte es zur Freude aller WC-Besucher äußerst heiß und vor allem sehr laut hergehen. Der wild um sich poppende Alfred und seine agile Sportpartnerin Susanne vergaßen alles, was um sie herum geschah. Die Beiden schrien und brüllten, was ihre Stimmbänder hergaben. Sie bemerkten nicht, dass der ganze WC Raum voll mit amüsierten Besuchern war. Nur waren nicht alle Anwesenden ehrlich. Einer der belustigten Zuhörer erkannte sofort seine Chance. Er klaute Alfreds Anzug, der unter der WC-Tür durchschaute, mit all dem vielen Geld und Alfreds gesamter Kreditkartensammlung. Dieser elende Lump verschwand mit dem Besitz unseres vermögenden Liebhabers auf Nimmerwiedersehen.

Fünf Minuten später, als Alfred und seine Susanne mit ihrer Klo-Gymnastik fertig waren, bemerkte unser Held das verheerende Drama seines geklauten Anzuges samt Geldbörse und deren Inhalt.

Alfred brüllte wie am Grill, nur war es diesmal kein

Lust- sondern ein verzweifelter Wutschrei.

„Wo ist der Geschäftsführer von diesem miesen Rattenloch! Ich will sofort mein Eigentum zurück! Los, so ruft doch endlich einer die Polizei!"

Eilig kam der Geschäftsführer des Hauses herbeigeeilt dieser staunte nicht schlecht, als er Alfred in Unterhosen vor sich stehen sah.

Das Einzige, was dem Herrn zu Alfreds armseligen Zustand einfiel, war:

„Mein Herr wie wollen Sie Ihre Rechnung begleichen? Wie ich sehe, sind Sie völlig mittellos!"

Alfred brüllte vor Wut:

„Natürlich bin ich mittellos, Du Depp! Mann, ich wurde ja beklaut! Nun, was gedenken, der Herr Geschäftsführer in meiner beschissenen Lage zu unternehmen?"

„Hm, wir werden, wie in Ihrem Fall üblich, die Polizei rufen, wenn wir einen Zechpreller auf frischer Tat ertappen."

Alfred bekam grünen Schaum vor dem Mund.

„Verdammt, ich bin kein Zechpreller, ich bin vermögend, hörst Du vermögend! Das eine sag ich Dir, wenn ich wollte, könnte ich, ohne mit der Wimper zu zucken, diesen miesen Schweineschuppen mit meinem Taschengeld erwerben."

„Ach ja", antwortete der Geschäftsführer,

„das sagen sie alle, Euch Typen kenn ich!"

Dieser ließ den armen und fast nackten Alfred mitsamt Susanne vom Sicherheitspersonal zur Überwachung ins Büro abführen.

Eine Stunde später betrat die herbeigerufene Polizei den Raum, in dem sich Alfred und Susanne als Gefangene befanden.

„Na, Herr Wirt, haben wir wieder einen erwischt, der nicht zahlen will!"

„Ihr spinnt wohl", schrie Alfred den diensthabenden Polizeibeamten an.

„Als ich diesen verlausten Schuppen betrat, hatte ich noch mehrere Hunderter in der Tasche! Ich konnte bezahlen! Noch mal, genügend Geld bei mir. Aber ich wurde bestohlen, selbst mein teurer Anzug aus purer Seide ist weg! Warum glaubt mir keiner?",
flehte Alfred den Polizeibeamten an.

„Ach mein Freund", sagte der Polizist,
„wer in Gottes Namen stiehlt schon einen Anzug! Viel wahrscheinlicher ist das nur so eine verlogene Ausrede! Sie haben sicherlich Ihre Jeans fortgeworfen, nur zu dem einen Zweck, man hätte Sie bestohlen. Den reichen Millionär haben Sie nur vorgespielt und gehofft, dadurch einen flotten Abend mit der wilden Susanne zu ergattern. Doch das eine kann ich Ihnen sagen, eine solche fantastische Geschichte hören wir mindestens drei Mal die Woche! Wissen Sie, was sie wirklich sind? Sie sind ein geiler Suffkopf, nichts weiter! So, mein Freundchen, zu Ihrer Erholung haben wir ein kuscheliges Zimmer mit Frühstück für Sie reserviert. Wissen Sie was, heute Abend dürfen Sie auf dem Revier übernachten! Und Morgen sehen wir weiter, was mit Ihnen geschehen soll!"

In Unterhosen und mit Handschellen geschmückt, werden unser Held und die heiße Susanne ins nächste Polizeirevier abgeführt. Auf dem Revier bat unser Freund den unfreundlichen Polizeibeamten, ob er telefonieren dürfe. Der Bitte wurde gnädig stattgegeben.

„Der eine oder andre Freund wird sicherlich noch wach sein, um meine Identität zu bestätigen", sagte Alfred zu dem Polizisten.

Nach zwanzig erfolglosen Versuchen muss unser

Don Juan resigniert die weiße Fahne schwenken.
Keinen seiner Freunde konnte er erreichen!
Das war's dann, es war beschlossene Sache!
Diese Nacht durfte er unter Polizeischutz in einer der vielen freien Ausnüchterungszellen übernachten.
Nur die flotte Susanne durfte sofort nach Hause gehen, denn sie war allen Polizeibeamten der Stadt als **„die wilde Susanne"** wohlbekannt.
Nur unser Alfred durfte als vermeintlicher Zechpreller im staatlichen Hotel Viereck bis zum nächsten Vormittag logieren.
Erst gegen elf Uhr sollte sich, seine Unschuld herausstellen. Man fuhr den moralisch verstörten Alfred in sein eigentliches Hotel. Dort entschuldigte man sich aufrichtig und ließ den Armen auf sein Zimmer gehen. Sein guter Ruf war wieder hergestellt. Er gilt wieder als seriöser Bürger Deutschlands. Für Alfred stand von nun an ein für alle Mal fest: in Zukunft kein Sex mehr auf dem Klo, denn dort konnte man mit der Börse das ganze Geld verlieren!

13 Im Amazonen-Camp

Ich traf mich wie an jedem Freitagabend mit meinem Freund Franz in unserer Stammkneipe. Hier in Ottis Pilspub saßen wir bei Bier, Schnaps und nebenbei vertilgten wir Ottis Vorrat an Salzcrackern.

„Hey Franz, wie geht es dir, du altes Ungeheuer", sprach ich zu meinem Freund.

„Beschissen", bekam ich zur Antwort.

„Deuml, ich hatte vor vier Tagen einen total verstörenden Traum. Glaub mir, ich wäre fast wahnsinnig davon geworden!"

„Los", sprach ich, „dann erzähl mal."

Und Franz begann, mir seinen Albtraum in all seinen Details zu erzählen.

Es begann damit, dass er nach einem beschissenen Arbeitstag nur noch schnell nach Hause wollte. Um von der Kacke der letzten achteinhalb Stunden runterzukommen, war ein beruhigendes Wellnessbad angesagt. Und anschließend ein üppiges Abendessen mit ein oder zwei Bierchen. Dieses Ritual sollte für Franz das Ende eines kräftezehrenden Tages einläuten.

„Nur zwei Biere?", fragte ich erstaunt, „was für eine Schande! An deinen Feierabenden sind mindestens fünf Biere Standard!"

Nur nicht an diesem einen Abend. Zu einem exzessiven Umtrunk war Franz, die alte Schluckente, viel zu kaputt!

„Nur noch kurz in die TV-Glotze sehen", dachte ich mir,

„vielleicht läuft ein Krimi, und wenn nicht, ziehe ich mir einen anregenden Hardcore Porno rein. Krimi oder Porno? Für was hättest du dich entschieden?"

„Mann", antwortete ich, „was für eine blödsinnige Frage, für den Porno natürlich!"

„Deuml, du hast es erraten. So ein Film über schweinische Turnübungen macht jeden Kerl wieder fit!"

Nachdem wir uns vom Wirt Otti zwei Pils und eine Schüssel Cracker haben geben lassen, erzählte Franz von seinem Traum.

„Deuml", sagte Franz, „hör mir zu und unterbrich mich nicht! Du weißt doch, dass ich seit langem als Single durchs Leben gehe. Obwohl ich alleine lebe, sollte mein Sexualleben nicht unter diesem Verzicht leiden! Denn was man sich alleine gönnt, muss nicht mit einem ausufernden Vorspiel zelebriert werden. Nachdem ich mich abwechselnd mit der rechten und der linken Hand selbst geliebt hatte, wurde ich müde."

„Wie", sagte ich, „du erzählst mir, das du wie ein wilder gewichst hast! Mann, ich würde mich zu Tode schämen!"

„Ach was, du tust es doch auch. Ich versuchte nach dieser Video-Rammelei noch etwas zu lesen, doch schon nach der ersten Seite schlief ich ein."

Liebe Leser, hören wir uns die Geschichte von Franz und seinem Traum an:

Irgendwann, mitten in der Nacht erwachte Franz in einer wunderschönen Landschaft. Der Himmel strahlte im klarsten Blau und die Sonne meinte es gut mit ihm. Hier an diesem verträumten Ort tummelten sich jede Menge Lebewesen und jedes einzelne war hübscher anzusehen als das andere. Da flatterten tausende bunter Schmetterlinge durch eine mit Blumen übersäte Wiese, auf denen sich verliebte Kaninchen um die Wette liebten. Auf den Bäumen saßen Vögel und zwitscherten ihre schönsten Lieder.

Nichts erinnerte an einen bevorstehenden Albtraum.

Doch es sollte für Franz ganz anders als dieser romantische Kitsch kommen!

„Mann, Franz, du träumst vielleicht einen Scheiß!", sagte ich.

„Aber ja doch, Deuml, wenn ich dir sage, was ich dort sah, kannst du Gift darauf nehmen, dass es die Wahrheit ist!"

Und Franz redete weiter auf mich ein.

„In diesem Traum war alles heilig", sagte Franz, „es hätte mich nicht gewundert, wenn der heilige Sankt Petrus ums Eck geschlichen käme und mich höchstpersönlich begrüßt hätte. Ich durchwanderte die Wiese, von weitem sah ich am Horizont ein hübsches Häuschen, aus dessen Kamin Rauch aufstieg. Du Deuml, dieser Rauch duftete verdächtig nach Gras (Hasch). Du kannst dir sicher vorstellen, wie ich meine Nase steil nach oben in Richtung des wohltuenden Rauches gehalten habe!"

Solche Träume liebte Franz, der alte Kiffer.

„Mensch Franz", drängte ich, „komm schon, erzähl, wie ging´s weiter!"

Nicht nur der Franz, auch ich wurde, als ich von diesem edlen Rauch hörte, ungemein neugierig. Nicht dass ich über die Kultur des Kiffens Bescheid wusste, aber wissen wollte ich es allemal!

(Ihr habt ja so Recht, dieses scheinheilige Gerede über meine Unkenntnis des Haschens gegenüber ist pure Lüge).

Franz redete weiter.

„Vorsichtig, ganz sachte schlich ich mich an das rauchende Gebäude heran. In der einen Hand hielt ich einen Knüppel, denn man weiß ja nie, was einen dort erwartet. Mit der anderen Hand ergriff ich die Türklinke und öffnete sie einen kleinen Spalt, um zu sehen, was mich erwarten würde. Nichts, ich sah nichts! Auf Zehenspitzen tapste ich durch den Raum.

Alles, was ich vorfand, war eine schlafende Katze und eine weitere Tür. Ich bekam es mit der Angst zu tun, meine Knie begannen zu zittern, ich bekam mehrere Schweißausbrüche!"

Doch dann packte unsern Franz doch noch die Neugier, er ergriff die Klinke und drückte sie bis zum Anschlag runter.

Mit einem Mal umwedelte ihm ein bekannter Duft. Franz stand in einem undurchdringbaren Nebel aus Cannabis und hier in diesem Zimmer sollte er ein weiteres Wunder erleben! Franz sah sich um und sah !

Ein dumpfer Schlag auf Holz unterbrach den Erzähler. Es war Otti, der Wirt.

„Hey Jungs", motzte er uns an, „entweder ihr bestellt was zum Saufen oder haut ab! Aufwärmen können sich die Herren meinetwegen auf der Bahnhofsmission, aber nicht in Ottis Pilspub!"

„Na, na, hab dich nicht so", konterte ich, „dann lass mal zwei Bier und zwei Korn rüberwachsen, du alter Raffgeier!"

Und wieder begann Franz, mir seinen unrealen Traum in allen Einzelheiten zu erzählen.

„Also, ich hatte die Tür zum Kifferzimmer geöffnet. Da lag sie im Bett und himmelte mich unverschämt an."

„Wer?", fragte ich.

„Deuml, im Bett lag eine alte Frau, so um die Achtzig und mit einem breiten Grinsen zieht sie sich einen Megajoint rein. Mann, die Alte war vielleicht was von gut drauf!"

Wir machten erst mal Pause und lachten. Mit einem Prost leerten wir unser Bier und den Korn. Und schon stand Otti mit seinem Geierblick erneut vor uns.

„Noch eine Runde. Oder hat euch eure Mami strikt verboten, Alkohol zu trinken?"

Natürlich wollten wir ein weiteres Bier samt Schnäpschen.

„Die bekiffte Tante im Bett", sprach Franz weiter, „begann mit mir zu reden."

„Ist doch toll", antwortete ich, „genieß diesen Traum. Im wirklichen Leben spricht ja eh keine Frau zu dir! Komm spann mich nicht auf die Folter. Was sagte sie?"

Die Mumie sagte: „Na, du süßer Honigbär, komm näher ran, damit ich dich begutachten kann!"

„Sehr geehrte Dame, wo in Gottes Namen sind wir hier?", fragte ich unsicher.

„Du Glücklicher", antwortete sie, „du bist direkt in den Glückshafen eingefahren! Und ich, ich bin die Fanny. Fanny Hill, damit du Bescheid weißt! Komm schon, sei nicht so steif, hier willst du auch mal ziehen!"

„Mein Busenkumpel, du wirst es nicht glauben, aber die Alte hielt mir ihren Joint entgegen. Was sollte ich tun? Dieses einmalige Angebot auszuschlagen bedeutete, dass man unfreundlich wirkte. Aber mit der Kifferei kenn ich mich aus! Deuml, was nach diesem Genuss passiert, brauche ich dir wohl nicht näher zu erklären! Die größten Dummheiten geschehen immer im zugedröhnten Zustand! Ich nahm einige kräftige Züge und dann fiel mir ihr Name wieder ins Gedächtnis. Wie heißt du gleich noch mal?", fragte ich die alte Schachtel.

„Fanny Hill", bekam ich zur Antwort.

„Du bist also die bekannteste Nutte der Zeitgeschichte!"

„Ja."

„Ey Fanny, du bist nicht mehr die Jüngste, wenn ich

es so sagen darf!"

„Ja, was denkst du, schließlich bin ich fast zweihundert Jahre alt! Es ist eine Ewigkeit her, als ich den letzten Freier bedient habe."

So funktionieren Träume. Auch in der Zwischenwelt wird man beschissen. Man bekommt stets das Gegenteil von dem, was man sich im Traum wünscht. Wünscht man sich eine junge Dame, mit der man unkeusche Schweinereien träumen möchte, kann der Herr sicher davon ausgehen, dass er wie unser Franz auch eine jahrhundertealte Schreckschraube bekommt. Wenn es aber doch mal zu einer jungen kommt, handelt es sich bestimmt um eine heilige Klosterschwester, die uns Sünder auf den rechten Wege bringen möchte!

„Fanny, wie kommst in meinen Traum?"

„Aber hallo", antwortete mir die horizontale Schnepfe, „jeder Mann träumt von einer Nacht mit Fanny Hill! Ich schwirre immer noch in euren Köpfen rum. Was mich früher reich machte, bekommt ihr Hallodris heute gratis!"

„Aber Fanny, bist du nicht zu alt, um noch im Sex-Gewerbe tätig zu sein? Was willst du, all deine ehemaligen Freier sind schon längst zu Staub verfallen!"

„He, werd mir ja nicht frech, für dich bin ich noch jung genug! Hier zieh mal an der Haschtüte, vielleicht gefalle ich dir dann besser. Obwohl, ich weiß, dass du seit nahezu drei Jahren keine nackte Frau zu Gesicht bekommen hast!"

Franz wurde rot im Gesicht, denn was die Dame von sich gab, war die Wahrheit. Schon zu lange war er gezwungen, sich selbst einen Gefallen zu tun. Jeder Junggeselle weiß, so eine Schinderei kann auf Dauer gehörig auf beide Handgelenke gehen. Da hat sich schon mancher einen Tennisarm geholt.

Durch die Einwirkung des Joints begann unser Franz Gefallen an Fanny zu finden.

Auf einmal wurde ihm zu heiß in den Klamotten, für beide Parteien war klar was gleich passieren würde. Der Franz sprang als Erster aus dem Textil, gefolgt von der wartenden Fanny.

Für die Dame war es wie eine Befreiung, schließlich hatte sie vor fast zweihundert Jahren ihr letztes Sexabenteuer erlebt.

„Durch unser Treiben", sprach Franz, „liefen alle Fensterscheiben im Raum an.

Ein fettes Lob an Fanny, diese Dame hatte trotz zweihundert Jahren Verzicht nichts von ihrem ehemaligen Business verlernt. Die Dame versteht es immer noch, wie man einen Kerl zur Strecke bringt. Durch ihre intimen Berührungen wurde der Grundstein für zukünftigen Sex gelegt. Franz' Thermometer schnellte von null auf 45°, was bedeutete dass aus fünf Zentimetern innerhalb acht Sekunden ganze zehn Zentimeter wurden.

„Wie bitte?", sagte ich zu Franz, „zehn Zentimeter, mehr kannst du den Damen nicht bieten?"

„Na ja", antwortete Franz leise, damit niemand von seiner Schande erfährt, „manchmal werden aus zehn sogar elf Zentimeter. Deuml, wenn du mein bester Freund bist, behältst du dieses Geheimnis für dich! Verstanden!"

Laut Franz kämpften sich die beiden Popper quer durch die Bettfedern. Dabei sollte er eine recht plausible Figur abliefern.

Und Fanny?

Diese Dame schrie durch ihre Ekstase angetörnt lauter als die Operndiva Maria Callas. Aber Hallo, und das mit zehn Zentimetern! In einem Traum ist eben alles möglich!

Nach zehn Minuten war Schluss mit dem Geschiebe und die beiden Liebenden lagen sich glücklich und erschöpft in den Armen.

Fanny öffnete als Erste ihre Augen und sprach zu Franz:

„Mein Geliebter, siehst du diese Schranktür dort, die musst du unbedingt öffnen, da drinnen wartet eine weitere Überraschung auf dich!"

Diesen Gefallen wollte er der Fanny gerne tun. Franz kroch über den Schlafzimmerboden und machte vor dem Schrank Halt.

„Den soll ich aufmachen?"

„Ja", antwortete Fanny, „genau den!"

Franz zerplatzte fast bei dem Gedanken, dass, da drinnen etwas auf ihn wartete. Mit einem Ruck riss er die Schranktüre weit auf und jetzt kommt's!

„Was?", fragte ich.

Unser Held ist der Liebling aller Götter.

Die Nummer mit Fanny sollte nicht die einzige des Abends werden, denn im Schrank warteten zwanzig weitere Damen darauf, dass sie aus dem Möbelstück entlassen wurden. Und fast jede war um vieles älter als die Fanny. Fanny, diese mumifizierte professionelle Edelschlampe, rief freudig zu ihrem Liebhaber:

„Na Franz, sieh sie dir an, das sind alle meine ehemaligen Kolleginnen. Jede davon ist eine Schlampe und in ihrem Fach eine wahre Künstlerin. Du musst allen einen Gefallen tun. Aber zuerst stell ich dir die Damen vor. Da wäre die Alte mit dem Krückstock und den wackligen Zähnen, das ist meine beste Freundin Josefine Mutzenbacher, du hast bestimmt von ihr gehört. Josefines Spezialgebiet ist die körperliche Züchtigung."

„Wie, die Mutzenbacherin, eine Sadomasotante!"

„Aber ja doch", antwortete Fanny ihrem Franz.

„Mann, gib der eine Peitsche in die Hand und du erlebst ein schmerzliches Feuerwerk, dass dir das hören und sehen vergeht. Nach dieser Behandlung erfährst du eine wohltuende Leere in dir, etwa so als würdest du ein Kilo Marihuana auf einmal rauchen. Die Schnepfe zieht dir deine Eier in die Länge, dass Du vor lauter Geilheit das Halleluja in C-Dur singst!"

Mit kindlicher Naivität wusste der Franz immer noch nicht, was ihn erwartete.

„Fanny", fragte Franz, „ich soll den alten Schabracken einen Gefallen tun. Welchen?"

„Oh Mann, du bist doofer als eine Brise Salz. Was hab ich mir da für diese Nacht angelacht! Mein Lieber Franz, glaub mir, diese Mädels werden dich so lange traktieren, bis du jeder von denen zu einem lustvollen Schabernack verholfen hast! Hier, ich stelle dir das zweite Girl (Girl ist gut, Alte wäre näher an der Wahrheit gewesen) vor. Vor dir steht die Verräterin Mata Hari, bitte lass dich nicht von dem Loch in ihrer Brust irritieren. Das stammte von dem Exekutionskommando. Die Vollstrecker jenes Ereignisses mussten dreimal nachladen, bis diese Versager ihr Ziel trafen. Kein Wunder, die Mata Hari bestand partout darauf, komplett nackt in die Ewigkeit einzugehen. Und die Dritte…."

Fanny zählte sämtliche Schlampen aus allen Epochen der Menschheitsgeschichte auf und jede stand mit wackligen Gliedern im Schrank und wartete begierig darauf, wieder als attraktive Frau erkannt zu werden.

Selbst die sexsüchtige Gattin des römischen Kaisers Claudius, Messalina, die es gewohnt war, in ihren besten Zeiten mindestens 20 Männer pro Nacht verschlissen zu haben, kämpfte sich mit einen antiken Rollator hin zu Franz. Sie wollte unbedingt als erste verwöhnt werden! Danach forderte Rosemarie Nitribitt ihr Recht.

„Was heißt hier Rosemarie Nitribitt?", fragte Franz.

„Die Nitribitt", antwortete Fanny, „lebte in den 50ern des letzten Jahrhunderts. Meine Busenfreundin Rosemarie war zu damaliger Zeit die bekannteste Edelnutte. Sie empfing nur die wohlhabendsten Männer ihrer Zeit, was auch leider zur Folge hatte, dass diese Madam zu viel von ihren Gästen wusste und deshalb von einen der gut situierten Herrn ermordet wurde."

„Die Tucke ist mit ihren achtzig Jahren die jüngste von euch allen, was für ein jämmerlicher Trost!"

„Aber, aber, mein Knuddelhengst, wer wird denn so wählerisch sein? Da bietet dir das Schicksal jede Menge erfahrene Damen und du heulst wie ein frisch verprügelter Junge! Die Damen warten gespannt auf ihren Einsatz. Hier hast du einige Potenzpillen, schluck sie und dann, mein Lieber, geht's auf!"

Dumm wie Stroh fragte Franz:

„Von welchem Einsatz sprichst du?"

„Mein Hasifurz, bist du so blöd oder stellst du dich nur so? Nicht nur ich, auch meine Freundinnen wollen von dir verwöhnt werden!"

„Wie bitte", schrie Franz durch den Raum, „in dem Schrank warten zwanzig sexuell ausgehungerte Damen oder ehemalige Schlampen, um genauer zu sein! Das, was ihr von mir verlangt, ist, dass ich jede moralisch flexible Dame beginnend von der Steinzeit bis hin zur Neuzeit vögle. Fanny, diesen Stunt überleb' ich nicht!"

Zu spät! Mit einem Fingerzeig gab Fanny ihren

Freundinnen das Zeichen, dass der Franz zu einem weiteren Sexmarathon bereit war. Keine der Damen war sich zu schüchtern. Alle stürmten auf den armen Franz zu. Jede wollte Erste an seinen Lenden mit den zehn Zentimetern sein. In ihre auserkorenen Opfer sahen sie nur das eine: er war in ihren Augen ein Stück williges Fleisch, das sie auf HorizontalEbene genüsslich abnagen durften.

„Mann", unterbrach ich Franz, „so einen Traum hätte ich auch gerne!"

„Deuml", erwiderte der Franz entsetzt.

„Du Spinner, ich vögelte mindestens zweitausend Jahre. Angefangen von der Kleopatra bis hin zur Rosemarie Nitribitt! Und ich kann dir versichern, dass die Messalina wie zu erwarten die Hemmungsloseste von allen war. Bei ihr musste ich sage und schreibe dreimal ran. Und als ich wie eine ausgequetschte Zitrone auf dem Bett lag und nichts mehr ging, zwang mich die Horde eine weitere Handvoll Potenzpillen zu schlucken. Und du nennst das Glück! Mensch, ich war dem Verrecken nahe!"

Die Pillen zeigten ihre Wirkung. Franz, der Starpopper schaffte jede einzelne Dame. Und nochmal, im Traum ist so was schon möglich.

Am nächsten Morgen erwachte Franz in einem völlig zerstörten Schlafzimmer. Überall lagen Federn, leergesoffene Bierflaschen und ausgerauchte Joints. Diese Unordnung lässt manche Vermutung reifen. Das Eindringen des Tageslichtes bedeutete für ihn, dass der schweinische Traum zu Ende war. Als erste Tat des Morgens sah Franz runter zu seinem kleinen Freund.

Gott sei gedankt - sein Schniedelwutz war noch heil und unversehrt! Und jetzt sitzen Franz und ich in Ottis Pilspub und mein Freund versucht mir zu erklären, was in der Nacht vor vier Tagen geschah.

„Deuml, was hat dieser schreckliche Traum zu bedeuten?"

„Ich weiß nicht", antwortete ich, „bin ich ein Psychiater? Aber eines kann ich dir mit Bestimmtheit sagen: Such dir eine Freundin! Mann, du bist ja so was von rostig! Du bist geiler als ein voll besetzter Karnickelstall!"

14 Jedem seine Droge

Um es gleich vorwegzunehmen - ich meine nur jene Drogen die so richtig gaga, aber nicht süchtig machen. Und so finde ich, es wäre total legal, dass jeder seine persönliche Droge per Krankenkassen-Abo erhält. Jedem sollte es erlaubt sein, sein Hirn mit Substanzen zuzudröhnen, so dass es im Laufe der Jahre langsam zu Sternenstaub zerbröselt. Obwohl manch meiner Freunde und Bekannten - insbesonders aber meine bekloppten Arbeitskollegen - rein gar nichts zu verbröseln hätten. Denen war es seit Kindesbeinen an vergönnt mehr Luft anstatt wertvolle Gehirnmasse unter den Haarwurzeln zu beherbergen. Nun, ich will nicht allzu gehässig mit meinen Mitmenschen umgehen, aber als ehrliche Seele muss ich Euch von den Widrigkeiten, die das Leben des Öfteren für uns armen Sünder parat hält erzählen. Eines habe ich mit allen gemeinsam! Auch mir ist es lieb, in einem Land zu leben, wo die Menschen berauscht durch angewandte psychedelische Mittelchen glückselig und mit ewig lächelndem Gesichtsausdruck durch unsere Straßen laufen. Eine durchwegs breite Masse hält wie verliebte Täubchen ihre Schnäbel ineinander, und sieht sich in dieser feierlichen Zeremonie mit verdrehten Augen an und schwört sich ewige Liebe
Dieser Zustand darf ohne Zweifel als Harmonie in Reinform gelten.
Doch Vorsicht! Warnung an alle Sensiblen!
Diese versprochene Ewigkeit dauert selten länger als ein eilig ausgeführter Katzenfick.
Nachdem der Joint auf Null geraucht war, war es vorbei mit dem gegebenen Versprechen fest. Was für schöne Kultur, die uns unsere Großeltern aus der

Flowerpower – Zeit bis zur heutigen Generation herüber gerettet haben.

Danke Oma und Opa!

Doch eines muss geklärt werden! Es ist mir sehr wichtig, nicht nur die End-60er zu erwähnen, auch wir Jungen sind wahre Könner im kiffenden Fach.

Auch ich habe in meiner Jugend öfters - na ja, es ist schon eine Weile her - an einem Joint genuckelt. Mann, da kam schon was zusammen! Auf meinem Traum-Dessertteller standen Shit, Grass, Psycho-Pilze und Haschplätzchen. Unter Fans besser bekannt als grüner Libanese, gelber Afghane und roter Pakistani. Mann, das Zeug haut ja sowas von geil rein! Dieser Scheiß produziert Farben, die man nur im angetörnten Zustand erleben darf. Nur eines machte mir mehr Freude als alles Gift zusammen! Was? Na, dann raten Sie mal! Genau! Ich meinte Sex! Diese Spielchen bekamen mir am besten. Aber heute mit meinen neunundfünfzig Jahren ist eine erotische Zusammenkunft mit einer faszinierenden Dame seltener als das alljährlich wiederkehrende Weihnachtsfest. Eigentlich viel zu schade!

Denn meine von den Göttern auferlegte Pflicht, es allen Damen zu ermöglichen, an einem erotischen Feuerwerk teilzuhaben kommt durch den altersbedingten Energieverlust ins Wanken. Die dadurch resultierende Schlange vor meiner Schlafzimmertür wird wegen der Gefahr dass ich einem Erschöpfungstod erliege, immer länger.

„Meine Lieben", sage ich zu den aufgebrachten Grazien, nachdem ich eine Handvoll Potenzpillen geschluckt habe,

„Seid geduldig und stellt Euch brav am Ende der wartenden Schlange an. Euer Deuml ist eben nicht mehr der Jüngste!"

Was soll man schon machen! Man lebt eben mit der Erinnerung an frühere Zeiten, als man als junger Spund fast jeden Tag aus einen fremden Bett gesegelt ist.

Aber bitte, lassen wir dieses Drama das meinige sein. Wir sollten uns wieder der eigentlichen Geschichte zuwenden.

Drogen? Gut, Sex und Haschkippen haben bei unseren Alten nicht mehr den hohen Stellenwert den sie zu früheren Zeiten genossen.

Heute begnügen sich die angegrauten Senioren mit einer deftigen Brotzeit mit Weißwürsten und einer Halben Bier. Eigentlich keine schlechte Idee!

Denn Essen ist nun mal der Sex der alten Generation! Dabei muss man, wenn einen die Polente erwischt, keine lästigen Sozialstunden ableisten.

So wie ich, als mich vor dreißig Jahren ein nerviger Richter an drei darauffolgenden Samstagen dazu verdonnert hatte, in einem Vogelschutzgebiet Nistplätze für unsere heimische Vogelwelt auszubessern und zu reinigen. Dabei hätte meines Erachtens diese stumpfsinnige Aufgabe 'ne ausgehungerte Katze weitaus effektiver erledigt als ich.

Meine Herrschaften, diese possierlichen Tierchen wissen instinktiv, wie man mit Vögeln umgeht. Zurück zum Thema!

Zu Oma und Opas Zeiten gehörte es eben zum guten Ton schon beim Frühstück statt gutbürgerlichen Marmeladenbrötchen und weichgekochten Eiern zu essen verbotenes Grass zu inhalieren, um dann für den Rest des Tages bis weit über die Frisurzone hinaus High zu sein.

Ja früher, da war alles besser.

Sogar der außereheliche Beischlaf.

Da haben die Opas und Omas - auch wenn sie sich

noch gar nicht richtig kannten - regelrechte Ring-kämpfe in den Betten veranstaltet.

Besonders wild und zügellos standen die Herren die kurz davor Hasch und dergleichen konsumiert hatten, mit steifen Gliedern vor den Damen. Und die wiederum wurden immer nervöser durch die schiere Größe jener zu Monstren anwachsenden Körperteile, was oft dazu führte, das der Grundstock für eine neue Generation gelegt wurde.

Ich finde, dass die Kinder die in den 60er Jahren gezeugt wurden eh zu den besten Jahrgängen zählen! Kein Wunder! In ihrer Jugend tanzten und liebten sich Oma und Opa auf allen Konzerten rund um den Globus. Bevorzugt dort, wo eifrig gekifft und noch eifriger durch die Menge gevögelt wurde. Berührungsängste waren zu jener Zeit das absolute Tabu.

Um sich näher kennenzulernen, sah man mit verliebtem Blick in das Gesicht seines Gegenübers und schon war es mit der spießigen Vernunft geschehen.

Die breite Unvernunft mit ihrem mordsmäßigen Dauerspaß ist eh' viel, viel interessanter! Zu jenem spaßigen Event gehörte natürlich fetzige Musik – vornehmlich Rock und Beat. Aber keinesfalls Volkstümliche Blas- und Tubamusik, die sich die ältere Generation – also die Ur-Oma und Ur-Opa reingezogen hatten. Das moderne Gedudel quält die Ohren weitaus lieblicher als das der Oberkrainer, Wildegger Herzbuam und Co. Außer man heißt Rainer Hagemann, denn der ist ein eingefleischter Fan der alpenländischen Volksmusik.

Die damaligen Matadore des psychedelischen Underground Sounds waren die noch heute lebenden Rolling Stones. Keine Angst! Sie haben richtig gelesen und brauchen auch keine neue Brille! Diese Knaben leben tatsächlich noch!

Also, wenn damals in der musikalischen Steinzeit der smarte Mick Jagger mit wackelndem Arsch über die Bühne fegte, verloren die erotisierten Zuschauer alle Hemmungen. Es flogen jede Menge BH´s und Mini-Höschen vor Mick Jaggers Füße.

Und da die meisten jetzt eh' schon Splitterfasernackt waren, konnten sich die Herrschaften eingehend beschnuppern und so ganz nebenbei mit dem Balzritual beginnen. Und als das unverständliche Gejaule Mick Jaggers ein Ende fand, fragte man nach Beendigung des wohltuenden Aktes seinen Geschlechtspartner, wie er - oder sie - eigentlich hieß.

Ja, so war das damals!

In der ehemaligen Flowerpower Epoche wurde der Weltfrieden mit unendlicher Liebe und noch mehr Cannabiskonsum zelebriert. Love and Peace war zur damaligen Zeit voll angesagt. Und die Stones mit ihrer aufreizenden Musik lieferten das erotische Equipment, um die Oma und den Opa recht geschmeidig für das anstehende Kamasutra zu halten.

Allein das bekannte Woodstock-Konzert bescherte der Menschheit jede Menge zukünftiger Steuerzahler. Ich denke mal, dass die damalige Babywindelindustrie ihre Finger im Spiel hatte und dieses weltweit bekannte Event mit einigen Tausendern bezuschusste.

Und wie geht es den Alten heute?

Heute sind aus den ehemaligen Helden weitgehend dem Regime angepasste Senioren geworden. Ihre einstigen Idole ihrer Jugend sind entweder dement, verstorben oder erfreuen sich wie Mick Jagger an ihren Minderjährigen Ehefrauen. Oder aber sie sind pleite wegen deren unverschämten Unterhaltszahlungen. War es früher üblich jeden Tag an einem Joint gehangen zu haben, schlafen diese einstigen

Revoluzzer heute um neun Uhr vor der Flimmerkiste ein. Und nach ausgiebigem Sofaschlaf begeben sich Oma und Opa ins Badezimmer, um sich für die kommende Nacht vorzubereiten. Die Oma zieht sich ihre Echthaar-Perücke über ihr Haupt und Opa fingert in seinem Mund herum, bis er seine dritten Zähne zu fassen bekommt und mit einem allabendlichen Ritual legt er seine flexiblen Beißer in ein Glas und fügt eine Reinigungstablette hinzu. Zum krönenden Abschluss des Tages lässt sich die Omi von Opi ein Rheuma-Pflaster auflegen und schon war man für das Kommende bereit. Für die Oma noch schnell ein Glas Doppelherz, fürs Herz und genau zwölf Tropfen Baldrian für den Opa. Und wie so oft bei älteren Eheleuten nimmt die Oma den Opa in den Arm und führt ihn ins Schlafzimmer. Nett! Halt, das hat nichts mit Verliebtheit zu tun, nein, der Alte hat nur vergessen, wo sich sein Bett befindet.

Von einem Anflug des Bedauerns gejagt sprach die Oma zu Opa:

„Na, mein Hase, weißt du noch, was wir früher alles im Bett gemacht haben!"

„Nee", antwortete Opa,

„was haben wir gemacht? Hilf mir, ich hab's vergessen!"

„Ach Manni", schimpfte die Oma,

„wir haben uns jede Nacht geliebt!"

Der Opa überlegte und antwortete:

„Aber Mutti', das tun wir doch noch heute!"

„Mensch", fluchte Oma,

„ich meine Sex!"

„Sex", fragte Opa und dabei bekam er Falten auf seiner Stirn.

„Was ist das?"

Na, Ihr seht selbst! So sieht der Herbst des Lebens

bei den ehemaligen Blumenkindern der 60er-Generation aus. Aus draufgängerischen Steinewerfern wurden mit der Zeit müde Pyjama-Helden. Von denen wirft keiner mehr einen einzigen Stein! Und wenn sie doch mal was werfen sollten sind es einige Geldscheine die sie für ihre verzogenen Enkelkinder in ein Sparschwein werfen.

„Gell", sprach dann die Oma wehmütig zu Opa, „früher haben wir alles Geld mit unseren Freunden versoffen und verkifft. Und heute? Heute müssen wir es - weil es keinen Reiz mehr darstellt uns mit Gift einzulullen - den Enkeln in den Rachen werfen! Schade!"

So sieht eine späte Rebellion aus!

Hatten unsere Alten früher jedes verbotene Zeug durch ihre Blutbahnen gejagt, so begnügen sie sich im Greisendasein mit Rheumapflaster, herzschonendem Tonikum, Haftcreme für die wackeligen Beisserchen und der ultimativen Seniorendroge Baldrian in Tropfenform. Und Ich? Ich habe nur noch ein paar Jahre! Dann werde auch ich von irgendeiner rotznäsigen Altenpflegerin - eine, die noch vor kurzem ihre Milchzähne in einem Babybrei versenkt hatte - an der Hand in mein Schlafgemach geführt.

Früher freute es mich von einer gut aussehenden Dame auf das feudale Matratzenlager geführt zu werden! Aber heute? Vergessen Sie's, ich will nicht darüber reden. Ich sage nur eines,

„Toll! Wirklich toll! Frust ergebe dich, ich hab dich von allen Seiten her umzingelt!"

Aber das eine schwöre ich: statt Doppelherz u. Co. bevorzuge ich einen See aus hochprozentigem Gin und als Zugabe einen deftigen Joint.

Halt! Das ist noch nicht alles!

Und zum Schluss will ich die knackige Altenpflegerin - Sie wissen schon, die mit den Milchzähnen - Textilfrei in meinem Bett liegen sehen. Verstanden! Diesem Feger werde ich in einem letzten finalen Akt beweisen, was ein seniler Greis mit seinen letzten Reserven noch zu leisten vermag.

15 Hurra, ich stürz ab

Beim Durchblättern der TV-Zeitschrift bemerkte ich, dass unser deutsches Fernsehprogramm mehr verblödet als es bilden sollte! Und - wie jede Nacht - läuft nur der totale Scheiß. Wer sich diese Kacke tagtäglich reinzieht, hat seine Gehirnzellen an die GEZ verkauft! Auf dem einen Programm läuft eine drittklassige Soapshow, in denen Frauen mit einer Kreditkarte ohne Limit gezwungen sind in kürzester Zeit mehr auszugeben als zehn gut verdienende Ehemänner.

Toll! Wirklich toll, als wenn dies ein schwer zu knackendes Problem für die Frauenwelt wäre! Mann - jede kann das! Dieser Urinstinkt in Sachen Geldausgeben sitzt den Herzchen tief verankert in den Genen.

Auf einem anderen Sender wird gekocht. Oje, die armen Schweine, die für diese Sendung ihr Leben lassen mussten, können einem leidtun.

Was hätte man aus diesen schmackhaften Tierchen nicht alles machen können? Und jetzt? Jetzt stürzen sich jede Menge sogenannter B-Promis auf ihr edles Fleisch und machen statt leckerem Schweinebraten übel stinkendes Hundefutter daraus.

Ich will nicht weiter über das Programm lästern, denn - egal für welchen Sender man sich entscheidet - es läuft auf allen Kanälen derselbe Mist.

Nur welche Alternativen gibt es? Lesen? Hm, geht nicht.

Meine Sammlung an Playboy-Heften hab ich alle schon tausendmal durchgeblättert, hier finde ich nichts mehr, was mich reizen könnte. Also, was soll ich tun? Soll ich in einem Anfall von Langeweile meine Bude auf Vordermann bringen? Oder was?

Nein! Bevor ich diesen Frevel begehe, lege ich mich - breit wie ich bin - in mein Bett und warte erstmal ab, was der Tag so für mich bereithält.

Nach reichlichem Überlegen, ob ich es mir finanziell leisten konnte aus dem Hause zu gehen, fasste ich einen folgenschweren Entschluss:

„Ok, für ein paar Bierchen reichen meine Devisen!"

Und so schlenderte ich in Richtung Ottis Pilspub, meiner Stammkneipe. Dies war der Auftakt zu einem zerstörenden Wandertag durch die internationale Gastronomieszenerie unseres beschaulichen Städtchens. Darüber machte ich mir vorerst noch keine Sorgen, solche Abende lasse ich seit eh und je auf mich wirken.

Anhand meiner finanziellen Möglichkeiten befand ich mich gerade noch in einer Situation, in der man die ganze Welt umarmen könnte. „Hua", rief ich aus. Ich war einfach nur supergut drauf.

An der Stammkneipe angekommen, erlebte ich das was im Allgemeinen die Lebensfreude dämpfte.

In dieser Spelunke gab es nur mich und den Wirt.

„Ach, was soll's", dachte ich mir noch etwas unsicher.

Aber einen unverbesserlichen Optimisten kann ein solcher Niederschlag nicht von seinem eigentlichen Vorhaben abbringen. Und das ist auch gut so!

„Dann beginne ich eben diese Nacht mit einer Ein-Mann-Party!"

Hey Otti", rief ich lächelnd dem Wirt zu,

„schenk mir doch bitte eine lauwarme Milch ein und stell doch bitte eine volle Schüssel mit Erdnüssen an den Tresen."

Der Angesprochene unterbrach missgelaunt seine Zeitungslektüre und sprach zu mir.

„Wau, wieder so ein Scherzkeks! Hör mal Deuml,

diesen belämmerten Satz höre ich jeden Abend mindestens zehnmal. Also mein Freund, was willst du wirklich?"

Super, der Humor unserer Wirte lässt immer mehr nach.

„Aber, aber Otti weil du schon so fetzig gut drauf bist gib mir erst mal eine Halbe Bier. Später sehen wir weiter, was die Reihenfolge der Getränke anbelangt."

Hier an diesem Ort war sprichwörtlich die Hölle los. Und jeder, der fähig ist sich in meditative Stimmung zu versetzen, kann das entsetzliche Dröhnen und Summen der nervig umherfliegenden Fliegen belauschen. Nur einer produzierte mehr Lärm als diese fidelen Flattermänner.

Wer? Na, Otti beim Umblättern seiner Sportzeitung.

„Und", fragte ich um ein Gespräch zu beginnen, „wer wird denn nun deutscher Meister?"

„Was weiß ich!", bekam ich zur Antwort.

„Otti bitte, ich versuche nur etwas Unterhaltung in dein Mausoleum zu bringen. Also von Neuem, wer wird der neue deutsche Meister?"

„Deuml", murmelte Otti,

„du nervst! Wenn der Herr unbedingt meine Unterhaltung wünscht. Bitte! Wie es aussieht, gewinnt der HSV oder Bayern München das Derby. Aber eigentlich ist es unbedeutend, wer den Pokal nach Haus trägt, denn ob die Faulenzer erster oder nur zweiter werden sollten, ihr Geld ist denen auch bei einer Niederlage gewiss!

Ottis Optimismus steckte regelrecht an und wenn der weiterhin so großzügig mit seiner Lebensfreude um sich wirft stürzen wir uns Beide von einer Depression getrieben in den nächsten Fluss.

Ich habe mir an diesem Abend weit mehr vorgenommen als mich mit Bier vollzuschütten und an Ottis Erdnüssen zu nagen. Ich musste mir eingestehen, dass es bei Otti nichts zu holen gab. Also sagte ich zu meinem Freund und Alkoholdealer Otti weiterhin einen schönen Abend. Ich habe noch fünfzig Euro in der Tasche und die wollen heute Abend unbedingt den Besitzer wechseln.

Ich ging auf direktem Wege zu einem Italiener, der sich Antonio nannte. Laut Reklametafel über der Eingangstür handelt es sich dabei um eine Pizzeria. Doch zu meinem Erstaunen war keiner der Gäste mit Essen beschäftigt.

Vielmehr wurden die italienischen Spezialitäten in flüssiger Form zu sich genommen. Als wenn der Wirt eine nie versiegende Alkoholquelle entdeckt hätte, wurden die Gäste mit Prosecco, Weiß- und Rotwein und Grappa abgefüllt. Nur das so frenetisch angepriesene Essen war den Küchenschaben und sonstigem Ungeziefer vorbehalten. An diesem Ort sollen die illustren Gäste saufen, bis sie der Ohnmacht nahe von den Stühlen flogen und nicht den armen Tierchen ihren Mampf wegfressen.

Doch eines sollte der Tatsache entsprechen: im Vergleich zu Ottis Pilspub befanden sich hier reale Menschen. Und bei näherer Betrachtung waren sogar einige hübsch anzusehende dabei.

Deuml", sagte ich mir,

„warum versuchst du dein Glück nicht hier bei den schönen Lolitas?"

Es sollte auch nicht allzu lange dauern, bis die Erste auf mich aufmerksam wurde. Die holde Maid zählte zwar nicht mehr zu den ganz jungen, aber sah trotz einiger Falten noch recht ansprechend aus. Sie kam auf mich zu und fragte mit einer engelsgleichen Stimme:

„Hey! Dich hab ich hier noch nie gesehen. Bist wohl zum ersten Mal in diesem Schuppen?"

„Deuml", sagte ich,

„mein Name ist Deuml. Du hast Recht, ich bin wirklich zum ersten Mal hier."

Mein zur Höchstform ausgeprägter Instinkt verriet mir, dass man sich mit jener Dame hervorragend zu einem exquisiten Flirtduell hinreißen lassen konnte. Ich wusste genau - mit der geht was!

Wir spaßten und schäkerten, was das Zeug hielt und nach einer halben Stunde kam die Dame auf den Punkt. Man darf jetzt nicht glauben, dass sie mir ein sexuelles Angebot unterbreitet hätte. Nein! Die Holde verfolgte ein ganz alltägliches Problem.

„Du Deuml", flüsterte sie mir ins Ohr,

„Ich muss dir was gestehen."

„Was?", antwortete ich.

„Mein Freund, ich bin so pleite wie das Sparschwein eines Arbeitslosen. Bitte sei ein Schatz und gib mir einen Drink aus."

Gerne tat ich ihr den kleinen Gefallen. Es ist die absolute Pflicht eines Gentlemans, eine in Not geratene Dame von ihren Nöten zu befreien.

Denn nur so hatte ein liebesbedürftiger Kerl Aussicht auf neckische Liebesspielchen.

Durch die neue Alkoholquelle beflügelt wurde die Dame mir gegenüber immer zutraulicher. Man kann gut behaupten, dass ein gewisses Maß an naiver Erotik unsere Augen vernebelte. Wir feierten eine ausgiebige Alk-Orgie nach der anderen. Um mich weiterhin in Spendierlaune zu halten, tätschelte mir meine Flirtpartnerin verliebt meine Hände. Solche Zuneigungsgesten tun gut und in Gedanken sah ich die Dame nackt und bereit zu einem frivolen Ritt in meinen Armen liegen.

Doch manchmal macht uns der Verstand einen dikken Strich durch die Rechnung. Es ist nicht alles schön, nur weil wir es uns einbilden. Es kann zuweilen sogar recht gefährlich sein, einer fremden Dame den Hof zu machen.

Wieso? Na, woher weiß ich, ob meine Verehrerin nicht in einem Beziehungsstatus lebt!

Und meine Befürchtungen auf diesem Gebiet waren durchaus berechtigt.

Denn ohne Vorwarnung stand hinter dem Frauenzimmer ein Typ - so breit wie ein Schrank und sah wie seine Alte und ich verliebt Händchen hielten. Toll!

„He, ihr Täubchen", rief der Hüne in einem Tonfall, der nichts Gutes versprach:

„amüsiert ihr euch auch gut? Wohl ja, denn nach Langeweile sieht euer Treiben nicht aus!"

Jetzt wurde der Kerl erst recht wütend.

„Du alte Schlampe", schrie er seine Braut an.

„Hast wiedermal ein dummes Opfer gefunden, das dich aushält! Und du mein Freund", damit meinte er mich.

„nimm deine schmierigen Onanierstäbchen von meiner Frau - sonst gehen deine Zähne auf eine große Reise."

Dieser Spruch bewirkte in mir kein gutes Gefühl. Ich befürchtete sogar dass dieser so nett begonnene Abend sehr schmerzhaft zu enden drohte.

Doch zu meinem Erstaunen kam alles ganz anders als erwartet.

Mit einer Wucht, die man von einer schwachen Frau nicht vermutete, warf meine neue Freundin ihrem aufgebrachten Gatten die volle Schüssel mit Kartoffelchips an den Kopf. Und der? Dieses Weichei begann wie ein frisch versohlter Lausbub jämmerlich zu heulen.

„Du Arschloch", schrie sie ihren Lover an,
„fast hätte ich diesen Kerl **(damit war ich gemeint)**
soweit gehabt, dass der uns Beiden ein Bier ausgibt.
Aber du mit deiner ewigen Eifersucht hast alles zunichte gemacht! Toll, wirklich toll. Das hast du nun
davon, jetzt sitzen wir Beide auf dem Trockenen!"
„Wie", fragte ich erstaunt,
„ich war nur die zu melkende Kuh, aus der man jede
Menge Bier herausquetschen konnte!"
Die Furie wandte sich von ihrem flennenden Gatten
ab und sah abwechselnd auf mich und eine weitere
Schüssel mit Kartoffelchips. Ich erkannte die Zeichen der Situation, also hielt ich vorerst meinen
Mund. Man weiß ja nie, was in einer vorgeht, die
nur dann mit einem flirtet, wenn ihre Leber zu protestieren beginnt.

Scheiß Abend! Um nicht so kurz vor Mitternacht unter die Räder zu kommen, beschloss ich meiner Gesundheit einen nützlichen Dienst zu tun und bezahlte
eiligst meine Zeche. Ich hatte fast all mein Geld in
diese Dame investiert und was bekam ich als Dank
für mein wohltätiges Herz? Nix mit Amore, stattdessen erntete ich einen netten Augenaufschlag und
vielleicht später eine Schüssel Kartoffelchips an den
Kopf. Ich verließ auf flotten Sohlen das Lokal, das
eigentlich eine exklusive Pizzeria sein sollte.

Ich hatte zwei Möglichkeiten, entweder ich lass' die
Vernunft siegen oder ich schwimme weiterhin wie
ein Fisch in Alkohol. Ach was soll's, wie zu erwarten war, wählte ich die zweite Version. Nur spießige
Gesellen würden die Vernunft wählen! Ich hingegen
bevorzuge das Chaos. Jetzt schon nach Hause zu gehen kommt mir trotz des vergangenen Malheurs
nicht infrage.

Zu meinem Glück hatte ich ja die Kreditkarte einstecken und somit öffnete sich mir eine neue Finanzquelle.

Auf dem Weg zum Bankautomaten dachte ich mir, „Fünfzig Mücken wird mir als Eintrittsgeld für eine lange Nacht reichen!"

Bei Otti konnte man das Summen der Scheißhausfliegen belauschen und bei den Italienern standen mir zu viele Schmerz verursachende Schüsseln mit Kartoffelchips an den Tischen.

Also! Wohin führt mich mein Exzess als Nächstes?

„Kuba! Dann geh ich eben zu den Kubanern!" dachte ich mir,

„bei den Revoluzzern ist immer mächtig was los. Dort tanzt bekanntlich der Bär auf dem Tisch."

Bevor ich den neuen Sumpf betrat sah ich erstmal durch die Fenster, um zu sehen, ob es sich in Bezug auf Frauen lohnte, hier für die nächsten Stunden einzukehren.

Ich erlebte eine Überraschung.

Der kubanische Schuppen war durchwegs mit den Schönsten des schönen Geschlechtes bevölkert. So ein appetitlicher Anblick tut gut!

Wer hier nicht zum Zuge kam, war entweder schwul oder er entschied sich schon in früheren Jahren für den Karrierestatus eines Eunuchen. Ich dachte mir: „Deuml mein Freund, nur rein ins dralle Leben!"

Mit leichtem Schritt, weil ich ja schon einiges intus hatte, trat ich ein. Und tatsächlich - hier geht die Post ab! Kubaner wissen eben wie man Feste feiert. An der Bar saßen die Damen wie eierlegende Hühner auf der Stange und warteten auf nette Unterhaltung. Und im Zentrum des Lokals tanzten mehrere Paare wilden Samba. Aber meistens soffen sie mehr als es ihrem Patron Fidel Castro lieb wäre. Aber der ist ja tausende Kilometer weit entfernt und sieht nicht, wie sich seine Schäfchen amüsieren. Und um der Völkerverständigung auf halbem Wege entgegenzukommen, bin ich mit Haut und Haar bei diesem Exzess Live dabei!

Auch mir war nach Tanzen zumute. Als wenn ich dazu fähig gewesen wäre, begann ich mit den hüftschwingenden Latino-Mädels um die Wette zu tanzen. Nicht mal ein Gichtkranker konnte solche ungelenke Verrenkungen verursachen wie ich! Ich dachte jedenfalls, dass das, was ich den Damen hier bot, etwas mit lateinamerikanischen Tänzen zu tun hatte. Aber die vielen Bier und die Cuba libre taten ihr Übriges. Das Zeug lief runter wie lauwarmes Öl. Ich war eins mit den Gästen, besser noch, ich sah nur noch rosa Schmetterlinge. Meine Leberwerte pendelten zwischen,

„Es geht gerade noch bis hin zum finalen Organversagen."

Den Wirt Carlos freute es, mir beim Feiern zuzusehen, schließlich verdiente er an mir die berühmt GOLDENE NASE.

Besoffen wie ich nun mittlerweile war, schnappte ich mir eine weitere tanzbegeisterte Hupfdohle und wedelte sie graziös übers Tanzparkett. Doch zu meinem Überschwang gesellte sich Pech. Meine Füße verkeilten sich ineinander und somit flog ich im rhythmischen Wiegeschritt samt meiner geilen Tanzpartnerin unter einen Tisch. Natürlich war die Dame Schuld an diesem Fiasko. Warum musste die Alte einen völlig anderen Tanzschritt haben als ich?

Was soll's, mir ging dieses Malheur am Arsch vorbei, ich habe eben Humor! Aber die Dame hättet ihr sehen sollen! Diese Hexe kämpfte sich hoch und warf mir einen wahrhaft gehässigen Blick zu. An ihrer Gesichtsmimik konnte man ablesen, wie sie mich auf grausamste Weise ermorden würde. Mein Leben hing an einem seidenen Faden. Jetzt hieß es schnellstens schützendes Land zu gewinnen oder ich würde vorzeitig den Heldentod erleiden. Der Wirt erkannte sofort, dass ich mich in einer ausweglosen Situation befand. Uneigennützig wie er war wollte er mich unbedingt vor den körperlichen Strafmaßnahmen der aufgebrachten Dame schützen.

Carlos bestand darauf, dass ich sofort meine Rechnung begleichen sollte.

Beim Bezahlen leuchteten Carlos Augen.

Drei Cuba libre und fünf Bier. Diese Alkoholmenge war schuld, dass die Sehstärke meiner Brille versagte.

Und Schwupp, jetzt war auch der zweite Fünfziger durch meine Finger geronnen! Gleich nach dem Bezahlen warf mich Carlos unter dem fadenscheinigen Vorwand - dass er keine Leichen in diesem Haus dulde - aus seinem Lokal.

„Scheiße", dachte ich mir,

„sollte meine Sause so enden? Nein!"

Aber mit einer leeren Geldbörse ist auch in einer Kleinstadt wie der meinen absolut nichts los. Tote Hose – total!

„Dann gehe ich eben ein weiteres Mal zum Bankautomaten und hole mir den Jackpot von fünfzig Euro."

An ein Beenden meines nächtlichen Spaziergangs war in meinem Sinn zu keiner Zeit vorgesehen, denn ein halber Rausch, **(das stimmte so nicht, denn ich stand kurz vor einem Vollrausch)** ist zum Fenster hinausgeworfenes Geld.

Angefangen hatte ich meine internationale Reise in Ottis Pilspub, als weiteren Aufenthalt landete ich in einer italienischen Pseudo-Pizzeria und jetzt setzte mich der Kubaner Carlos vor seine Tür.

Und nun? Obwohl ich die letzte Kneipe beinah' auf allen Vieren verließ, bekam ich durch die morgendliche Frische einen neuen Energieschub. Auf meinem Handy wählte ich die Nummer für ein Taxi. Ich beschloss die Nacht soll ungeniert weitergehen - mit Suff und lustigem Trallala. Und glaubt mir, das Trallala schlug erbarmungslos zu! Am Geldautomaten angekommen, fingerte ich meine Geldbörse, wo die Pin-Nummer meines Kontos verstaut war. Ich suchte wie verrückt,

„wo ist der Scheiß Fetzen Papier?", fluchte ich.

Endlich, ich fand es im hinteren Eck der Börse. Ich hielt das Stück Dokument zwischen meinen Fingern. Doch zu meinem Glück zerriss das Papier in zwei Hälften. Und ein Teil flog direkt auf den Boden.

Der Taxifahrer lehnte sich derweil völlig entspannt zurück und sah abwechselnd auf mich und dann wieder auf den Taxameter. Und dieses Ding lief Amok. Ich versuchte fieberhaft an mein Geld zu kommen. Ich tippte einmal eine verkehrte Pin-Nummer, dann eine zweite und die dritte. Ein viertes Mal war nicht vorgesehen, denn ich durfte traurig zusehen, wie der verfluchte Automat meine Karte schluckte.

„Und", fragte der Taxifahrer,

„wie will der Herr denn nun bezahlen? Mit Kieselsteinen? Oder will er ein Paar schmackige Ohrfeigen von mir? Wenn es das ist was dir in deinem versoffenen Kopf vorschwebt, gerne, den kleinen Gefallen werde ich dir gerne bieten!"

Ich konnte den Herrn von seinem Tun – mich zu verprügeln – abbringen. Ich musste dem Geldgeier nur meinen Ausweis, meinen Führerschein und als

Geschenk mein Smartphone überlassen und ihm hoch und heilig versprechen, dass er sein Geld spätestens am Ende des Monats bekommt - mit einem Aufschlag von nur fünfzig Prozent.

Total abgemackert machte ich mich auf den Weg zu mir nach Hause. Zwei Schritte vor und einen zurück. Bei diesem Tempo komme ich bestimmt als grauhaariger Rentner zu meiner Bude.

Mir war kalt, aus diesem Grund waren meine Hände in der Hosentasche. Doch dann, ganz unerwartet fühlte ich etwas, was mir bekannt vorkam. Wau, es waren zehn Euro.

„Hurra", rief ich aus,

„die Nacht ist also noch nicht ganz zu Ende!"

Mit dem Schein in der Tasche wankte ich zurück zu Otti.

Und diesmal war dort richtig was los. In Ottis Pub weilte zu meinem Erstaunen sogar ein Gast. Und was für einer! Mit mir waren es zwei. Für Ottis Begriff war es ein volles Haus.

Es war eine sehr hübsche Dame, so um die dreißig Jahre. Und eines muss man dem Straßenfeger lassen, sie hatte eine rattenscharfe Figur.

Mit einem Bier in der Rechten ging ich zu jener Dame und machte ihr meine Aufwartung.

„Wau", lallte ich zu jenem hübschen blonden Schneckchen,

„du hast aber schöne Augen."

„Hey Macker", antwortete die Angesprochene und ballte ihre Hand zur Faust,

„das sind aber nicht meine Augen, worauf du so unverschämt starrst!"

Sie hatte Recht! Aber es war nicht meine Schuld, dass ich ihr in ihren ausladenden Brustausschnitt sah, mir fehlte einfach nur die Kraft nach oben zu ihren Augen zu sehen. Doch meine Schwäche beeindruckte die Dame keineswegs. Mit ihrer Faust gab sie mir zu verstehen, dass ich mich um einen halben Meter nach unten verguckt hatte. Jetzt erfreute ich mich auch noch an einem blauen Auge, das bei Tageslicht sicher ein leuchtendes rot und blau - so schön wie ein Regenbogen - erzeugte.

Ach ja, das kommende Tageslicht:

So gegen zwölf Uhr mittags erwachte ich am Boden kurz vor meinem Bett. Und zu meinem Glück hatte ich meinen Arbeitsbeginn verpasst! Als ich mit meinen stecknadelgroßen Maulwurfsaugen in den Spiegel sah, stand ich davor einen Nervenkollaps zu erleiden. Ich wusste, in diesem desolaten Zustand war es mir unmöglich meinem Broterwerb nachzugehen. Nachdem ich ausgiebig die Kloschüssel mit Currywurst und Salamipizza gefüttert hatte, gönnte ich mir ein umfangreiches Frühstück, bestehend aus einer Tasse Kaffee und zwei Aspirintabletten. Jetzt war ich bereit, meinem Hausarzt unter die Augen zu treten.

Der sah mich und mein blaues Auge an und sagte in ironischem Unterton zu mir:

„Herr Deuml, so wie Sie aussehen, gehören Sie in ein Altersheim! Wohl etwas zu tief ins Schnapsglas geguckt!"

„Nur zwei Bier", antwortete ich mit gesenktem Kopf.

„Aha", sagte der Arzt,

„nur zwei Bier also. Nein Guter, ich glaub auch noch ans Christkind und den Osterhasen! Ich versteh alles, was Sie mir als Märchen präsentieren. Hier, das Attest befreit Sie für fünf Tage von der Arbeit. Und nun verschwinden Sie, sonst bekomm' ich von Ihrer Fahne eine Alkoholvergiftung!"

Das war das einzig Positive an diesem Tag! Oh Gott, was für eine Nacht! Ich hab alles Geld für den ganzen Monat in nur einer Nacht in diversen Kneipen durchgebracht!

Ich gestattete dem ewig bankrotten Otti, dem schmuddeligen Italiener Antonio und Carlos, dem geldgierigen Kubaner einen fürstlichen Finanzschub. Und als Gegenleistung erntete ich statt Jux und Erotik ein veilchenblaues Auge!

Bravo Deuml! Das hat sich wiedermal gelohnt!

Halt! Fast hätte ich vergessen zu erwähnen, dass ein geldgieriger Taxifahrer ein fast neuwertiges Smartphone sein eigen nennt!

16 Muttis Liebling

In unserer Firma wirkt ein Kollege, der von uns allen Heinzi genannt wird - eine wahrhaft außergewöhnliche Marke! Und um gleich zu Beginn der Story auf den Punkt zu kommen, dieses seltene Exemplar lebt noch immer bei seiner fürsorglichen Mutter! Man möge es nicht für möglich halten, obwohl unser Heinzi altersmäßig längst über die 50er Grenze gesprungen ist. Und wie es sich für ein harmonisches Familienleben gehört, verbrachten Mutter und Sohn jede freie Minute miteinander.

Nun eigentlich hätte man bei den Beiden nichts Gravierendes auszusetzen. Es ist doch toll, wenn die Mutter die beste Freundin ist. Aber einem fünfzigjährigen Sohnemann sollte man schon mal die Gelegenheit einräumen, endlich erwachsen zu werden!

Nicht nur dass Heinzi uns allen mit seinem Weicheigetue gehörig auf die Nerven geht, nein, viel stressiger ist seine Unselbstständigkeit!

Jeder frischgeborene Säugling konnte mehr logisches Handeln aufweisen als unser Firmenmaskottchen. Der Kerl ist zu rein gar nichts zu gebrauchen.

Jetzt wird sicher mancher denken, dieser Herr sei in jeder Beziehung talentfrei!

Irrtum!

Eines kann er besonders gut, darin ist er der ungekrönte Weltmeister!

In was?

Na, im Fressen!

Der Kerl kann mehr ins sich reinstopfen als eine afrikanische Heuschreckenplage. Was einem gestandenen Mann als Mahlzeit zum Sattwerden reichte, war für Heinzi gerade mal so viel, dass er sich damit seine Zahnzwischenräume ausfüllte.

Nur der Geier weiß, wie viele hundert Schweine für Heinzis Appetit ihr Leben lassen mussten.

Der Nimmersatt bringt es glatt fertig, dass jedes Tier durch seine Mithilfe auf die Rote Liste des Aussterbens gelangt. Dieses Artensterben konnte man leicht an seinen hundertdreißig Kilo Körpergewicht ablesen. Eigentlich war er mehr rund als groß, weshalb jede Bewegung von dem feisten Burschen wohlbedacht wurde.

Halt! Da hab' ich doch tatsächlich an Heinzi ein weiteres Talent entdeckt! Faulheit in jeder Lebenslage!

Wehe, einer von uns beschafft ihm eine Beschäftigung! Wenn dieser Fall in Aktion trat, verformten sich seine Hände zu einer unbrauchbaren Gichtkralle. Jedesmal hörten wir aus Heinzis Mund die gleichen Worte:

„Aber, aber, ihr verlangt zu viel von mir! Das kann ich nicht und außerdem tut mir mein Kreuz weh! Und noch was sag' ich euch, Hunger hab ich auch noch!"

Dass der noch bei seiner Mutti wohnt und immer noch keine Freundin hat, scheint niemanden zu verwundern. Aber ansonsten war er ein recht netter Kollege, den jeder mochte. Selbst in der Chefetage war er ein gern gesehener Gast. Auch dann noch, wenn ihm unser Chef die Hälfte seines Lohnes wegen seiner Tollpatschigkeit schenkte.

Schenkte? Nein, das was der Heinzi umsonst bekam, wurde uns allen von der Gewinnbeteiligung abgezogen!

Einer für alle, alle für einen! Dies waren die sozialen Worte unseres Häuptlings. Der eine, nennen wir ihn die faulste Sau in der Firma wird immer fetter, während wir für seinen Lohn schuften, dass uns allen das Genick bricht! Wie oft hört man manche Kollegen wütend rufen:

„Heinzi, du bist das faulste Individuum, das Gott erschaffen hat!"

Doch der macht nur einen auf dumm. Als wenn ihn alles nichts angeht, zuckt er nur gelangweilt mit den Schultern. Wie? Er stellt sich doof. Aber nicht doch, unser Heinzi ist der Patron aller, denen unser Schöpfer die notwendige Intelligenz für ein erfolgreiches Leben auf unserem Erdball versagte. Nur eine Person war von Heinzis Einzigartigkeit überzeugt. Seine Mami glaubte stets, dass ihr Herzjesububi es einmal zu einer großartigen Karriere bringen würde. Irrtum Mutti, dein Sohnemann hat die Intelligenz einer Fruchtfliege, er quietscht geradezu vor Dummheit!

Und Heinzis Vati? Nach Heinzis Reden war sein Vater Viehhirte auf einer einsamen Bergalm. Doch als der erfuhr, dass seine Liebste, Heinzis Mutter, einen gesunden Sohn geboren hatte, düste der Filou wie ein Staubkorn, das von einem Orkan erfasst wurde, los und begab sich in die Fänge der Fremdenlegion. Wahrscheinlich bekam er einen Schock, als er zum ersten Mal seinen Sohn zu Gesicht bekam. Er ahnte es, dass mit der Zuhilfenahme von einer Buddel Doppelkorn nichts Hervorragendes zustande kommen konnte. Das hätte er sich besser früher überlegen sollen, bevor er Heinzis Mutter zu einer fröhlichen Bergtour einlud, um ihr die hiesige Gebirgsbotanik näherzubringen. Diesem Drecksack sei in der Hölle ein kuscheliger Ehrenplatz gleich neben dem Höllenfeuer für alle Zeiten reserviert!

Aber das soll nicht unser Problem sein! Ich will nur erzählen, was die Zusammenarbeit mit Heinzi auf sich hatte.

Ein fünfzigjähriger Lauser also, der immer noch im

Hotel „Mami" wohnt. Und damit wir in Heinzis Familienleben Einblick bekommen, erzählt er uns in allen Einzelheiten, wie er und seine Mami gemeinsam den Tag verbrachten. Mutters grenzenlose Liebe begann schon morgens kurz vor dem Frühstück. Alles war für dem kommenden Tag vorbereitet. Socken, Unterwäsche, ein kariertes Hemd und blank geputzte Arbeitsschuhe lagen bereit.

Das Baby Heinzi musste nur noch aus dem Bett hinein in die bereitgestellten Klamotten hüpfen. Nur das Frühstück musste er sich komplett alleine in den Mund schieben. Alles andere war für den jeweiligen Tag bis ins kleinste Detail durchorganisiert. Und abends erwartete Heinzi ein Abendessen - besser als in einem sündhaft teuren Gourmettempel.

„Na", sprach Heinzi zu den Kollegen, „was habt ihr gestern zum Abendbrot von euren Frauen vorgesetzt bekommen? Dosenravioli oder ein leckeres Butterbrot? Ha, ha. Ha!"

Für dieses Verspotten liebten wir unsern Heinzi.

„Heinzi", antworteten wir, „wir bekamen zwar nur ein Butterbrot, aber nur aus dem Grund, weil wir lieber die Zeit nutzten um mit unseren Frauen nette Bettgymnastik durchzuziehen. Und du? Du hast bestimmt auf Teufel komm raus gewichst. Na, sprich schon, haben wir Recht!"

Der Angesprochene grinste nur verstohlen, wahrscheinlich war es Tatsache mit seinem Onaniersport. Jeder in der Firma wusste, dass der Heinzi mit seinen einundfünfzig Jahren noch immer zur Liga der ungeknackten Jungfrauen zählte.

Gäbe es keine aufklärenden Playboy – Zeitschriften, wüsste unser Heinzi nicht, dass es zweierlei Menschen gibt. Doch was uns Heinzi an manchen Tagen prophezeite, ließ uns Lachfalten ins Gesicht zaubern.

„Nee, meine Mama sagt immer, so was tut man nicht! Nur Menschen, die unbedingt in die Hölle wollen, machen solche schweinischen Sachen! Euch allen gehören eure Zähne mit Kernseife geputzt!"

„Wie kommst du auf Kernseife?" fragten wir erstaunt.

„Es ist doch leicht erklärt", antwortete Heinzi, „ich musste mir jedes Mal, wenn ich böse war, mit dieser Seife die Zähne putzen."

„Auch heute noch?" fragten wir.

„Aber natürlich, das ist doch eine gerechte Strafe!" gab Heinzi zur Antwort.

„Ha,ha,ha", lachten wir, „so viel Kernseife gibt es nicht, was wir für unsere Sünden bräuchten!"

Aber lassen wir die Belegschaft rätseln, was man mit Kernseife noch alles anstellen konnte.

Einmal in Jahr feiern wir in unserer Firma einen dreiwöchigen Betriebsurlaub und Mutter und Sohn Heinzi verbringen die schönsten Tage des Jahres an der Ostsee. Dort liegen Beide in angenehmer Eintracht am Strand und errichten - so die These der Kollegen - eine Sandburg. Und diese Burg tauften sie Olgas Palast, nach dem Namen der Mutter. Eines ist sicher, bei so viel liebevoller Zuwendung will ein Bursch, der sich nicht mal eigenhändig ein Butterbrot schmieren kann, niemals erwachsen werden!

An manchen Tagen hegten wir Mitleid mit unserm Heinzi. Bei solch einer Situation versteckten wir in seiner Jackentasche ein übles Pornoheft, in dem wirklich alles zu sehen war. Es war nicht böse von uns gemeint, es sollte nur als Anschauungsunterricht für weitere Solo-Aktionen dienen.

Und am nächsten Tag fragten alle neugierig:

„Na Heinzi, hat dir das Ferkelheft gefallen?"

„Ihr Deppen", fluchte Heinzi, „meine Mutter hat das

Heft vor mir gefunden. Glaubt mir, die hat mir die Leviten in all seiner Allmacht rauf und runter gelesen. Sogar an den Ohren hat sie mich gezogen!"

Grinsend vor Vorfreude auf seine weitere Antwort fragten wir:

„Und? Los, sag schon, kam die Kernseife wieder zum Einsatz?"

„Nein! Aber dafür redete sie den ganzen Abend kein einziges Wort mit mir. Als wenn ich Schuld daran wäre! Ihr wart es doch, die ihr mich in diese Scheiße habt reinreiten lassen!"

Wahrscheinlich musste er ohne Abendessen um acht Uhr ins Bett!

Solche Worte aus einem über fünfzigjährigen Mund zu hören sind der ultimative Hammer! Aber seinen Lorbeerkranz für besondere Doofheit angelte sich unser Heinzi vor knapp einem Jahr. Es war an einem Freitag. Es sah so aus, als würde er uns mit Absicht die Freude auf das kommende Wochenende vermiesen. Ohne über die weiteren Folgen nachzudenken, vertauschte dieser Gehirnakrobat - angetrieben durch seine ureigene Schusseligkeit - die zu bearbeitenden Auftragszettel.

Anstatt einer Fuhre Elektrokabel bekam der Kunde den gesamten LKW mit Schrauben, Nägeln und den dazugehörigen Muttern vollgestopft.

Mann, das gab vielleicht ein Gezeter! Unser Boss sprang wütend durch das Verkaufslager und schrie wie ein Wilder:

„Ihr Deppen! Was fällt euch ein, unsern besten Kunden mit eurem hirnrissigen Murks zu belästigen! Herr Machner von der Elektrofirma Machner GmbH hat gerade angerufen und mir im ernsten Ton gesagt, was der Scheiß soll. Er brauche keine Schrauben und dergleichen, er benötigt dringend die bestellten

Elektrokabel."

Wir alle standen vor unserem Boss mit gesenktem Haupt und lauschten seinem Geschrei:

„Genau", schrie unser Häuptling, „er sagte dringend. Ansonsten müsste er sich um einen anderen, zuverlässigeren Zulieferer umsehen. Ihr Lumpen versteht doch sicher, was dann geschieht! Jawohl dann zahle nicht ich euren Lebensunterhalt, sondern die Arbeitsagentur. Euer Stunt hat mich fast fünfzehnhundert Euro gekostet! Bitte meine zu nichts taugenden Herrschaften, ihr dürft deswegen kein schlechtes Gewissen hegen, denn ich verlange von jedem von Euch, dass er heute Überstunden bis zum Morgengrauen ableistet. Und von wegen Samstag frei! Aber nicht doch! Ihr seid allesamt herzlich von mir eingeladen, morgen in der Firma beim Neubeladen des verpatzten Auftrags anwesend zu sein. Und wer glaubt, er müsste etwas anderes vorhaben, der braucht am Montag nur noch seine Entlassungspapiere abholen! Verstanden!"

„Mmmpf", hörte man die Belegschaft murmeln.

„Verstanden!", schrie unser Boss ein weiteres Mal, aber dafür kilometerweit hörbar.

„Ja!", sagten wir kleinlaut.

Nur einer wagte es, dem Boss zu widersprechen:

„Aber Chef", sagte einer der Auszubildenden, „wir sind unschuldig. Der Heinzi hat das Malheur verursacht. Nicht wir! Sie verlangen doch nicht etwa, dass wir für die Kacke, die der Heinzi produziert hat, unsern Kopf hinhalten!"

Jetzt wurde unser Chef erst recht wütend.

„Heinzi", schrie er uns an, „der arme Lauser kann´s nicht gewesen sein! Der kennt sich in solchen Sachen eh nicht aus. Gebt es zu, ihr wollt dem armen Kerl euer Versagen in die Schuhe schieben! Eines sag ich euch, diese Aktion wird euch allen teuer zu stehen kommen!"

Und unser Boss sollte mit seiner Drohung Recht behalten. An diesem Tag schufteten wir bis weit nach Mitternacht.

Und Heinzi? Der Problemverursacher drückte sich!

Der Penner konnte den Boss von seiner Unwichtigkeit überzeugen, worauf er zu seiner Mutti nach Hause durfte, um mit ihr einkaufen zu gehen. Das war nur ein Beispiel von vielen, bei dem wir unsern Heinzi in die Hölle verflucht hatten. Doch meistens kamen wir recht gut mit dem Chaoten zurecht. Mehr noch, des Öfteren mussten wir uns wegen seiner unzähligen Streiche vor Lachen auf den Boden legen. Zu amüsant war sein Familienleben mit Mama und ihrem Wellensittich, der Katze Muschi und Heinzis Goldfisch.

Doch eine Episode aus dem Wirken von Heinzi möchte ich Ihnen nicht vorenthalten.

Wie jeden Tag um neun Uhr Vormittag genießen wir unsere Frühstückspause.

Wir alle legten unsere Brotzeit auf den Tisch und begannen das in uns rein zuschaufeln, was wir uns noch im Koma - Zustand und in Eile eingepackt hatten. Wir kauten freudlos auf unseren Brotstullen herum. Eines konnte man gerne von uns behaupten: Leidenschaftliches Essen sieht völlig anders aus!

Nur der Heinzi hatte, weil er ein ewiger Glückspilz zu sein scheint, von seiner lieben Mutter ein exquisites Dreigänge-Menü in seine Brotzeittasche eingepackt bekommen. Und da ja jede voraussehende Mutter auf das Wohl ihres einzigen Sohnes bedacht war, hatte die alte Dame alles mundgerecht angerichtet. Das halbe Hähnchen wurde fein säuberlichst von den Knochen und dem Fett getrennt. So ein

Knochen kann durchaus lebensgefährlich sein, daran kann ein gestandenes Mannsbild wie Heinzi qualvoll ersticken!

Vom Brot wurde die harte Rinde abgeschnitten und mit Butter und Edamer Käse belegt. Und? Genau! Es war in kleine Fingerstückchen geschnitten!

Alles war so platziert, dass Heinzi nur noch beherzt zubeißen musste. Eigentlich ist daran nichts auszusetzen, wäre da nur nicht die Story mit der Mandarine.

Der absolute Hammer war, dass Heinzi von seiner Mama nicht nur Hähnchen und das Käsebrot bekam, aber nicht doch, so ein Lauser braucht auch unbedingt Vitamine in Form von einer Mandarine. Und diese Frucht war separat verwahrt in einer rosa Plastikdose, deren Deckel ein nett anzusehendes Hündchen mit lieben Kulleraugen zierte. Ach ja, die Mamas!

Aber jetzt kommt´s!

Die Mandarine wurde von Mutti eigenhändig von der sperrigen Schale befreit und das Innere der Frucht wurde sorgfältig in seine Einzelteile zerlegt. Mit großer Wahrscheinlichkeit besah Heinzis Mutter jedes einzelne Mandarinenstückchen im Licht, um ja keinen Kern zu übersehen, an dem sich ihr Herzibubilein verschlucken könnte.

Auf unsern Heinzi wartete nur eine Aufgabe, er musste sich das Zeug selbst ohne fremde Hilfe in sein gefräßiges Maul schieben und dabei auch noch zerkauen. Doch an dieser Arbeit sollte Heinzis Appetit nicht scheitern, in dieser Disziplin ist er Meister.

Das ist also die Geschichte über unsern Tollpatsch Heinzi.

Wenn der es ausnahmsweise mal nicht schaffte, die

gesamte Firma mit seinem Zutun ins dunkle Reich des Chaos zu stürzen, war er von uns allen ein geschätzter Kollege, der uns an manch Tagen tonnenweise Nahrung für unsere Lachmuskeln bot.

17 Die Musterung

Wenn das Vaterland pfeift, müssen sich alle gesunden Männer ihrem Schicksal beugen und das zukünftige Strammstehen üben. So ist es auch einem Freund von mir ergangen. Dieser bekam einen netten Brief vom Kreiswehrersatzamt mit der Aufforderung, sich umgehend zur Musterung für das Militär zu melden. Mein Freund Emil, wollte nur mit Widerwillen dieser zu jener allgemein bekannten Reihenuntersuchung gehen. Aber was half's? Da muss man oder Mann eben durch!

Ich verstand meinen Freund nicht und konnte sein Problem nicht nachvollziehen. Es muss doch toll sein, für mehrere Monate im größten Abenteuercamp mit den anderen Kameraden, Soldat zu spielen!

Einen Tag vor der ungeliebten Prozedur saßen mein Freund, ich und all die anderen unserer Clique in einem Biergarten, und machten unsere Kehlen nass. Wir hatten alle mächtig Spaß. Nur Emil, unser zukünftige Soldat, verfiel mehr und mehr der Depression, und jammerte pausenlos über sein bevorstehendes Martyrium.

"Wie soll ich das alles schaffen? Ich hab doch gerade erst meine Lehre im Schreinerhandwerk hinter mir, und den Führerschein wollte ich auch noch machen! Aber jetzt, wo das Geldverdienen losgehen soll, muss ich als Einziger am Biertisch zur Bundeswehr, und das für fast ein ganzes Jahr!"

Doch die größte Sorge unseres Freundes ist viel menschlicher,

"was wird wohl meine Braut Anni zu diesem Drama sagen? Wir haben uns doch erst vor kurzem kennen und lieben gelernt, und nun das!",

jammerte Emil voll bierseliger Schwermut.

„Woher soll ich wissen, ob mir meine Anni, für die nächsten Monate treu bleiben wird? Wie wird mein Schatz mit der Einsamkeit umgehen, wenn ich irgendwo im Dreck liege und einen sinnlosen Minikrieg führe?"

Wir alle, versuchten unseren Freund Emil zu beruhigen,

„Mensch Emil, Deine Ann ist doch bis über beide Ohren in Dich verknallt! Glaub uns, die wird Dir gerne treu bleiben und auf dich warten! Du musst nur mehr Vertrauen in Deine Braut haben! Keine Angst, du packst das!"

Bei diesen Worten sahen wir uns alle sehr besorgt an. Denn keiner von uns am Biertisch würde zweifelsfrei die Hand für Emils Braut ins Feuer legen. Schließlich hatte jeder von uns am Tisch das Vergnügen seine Freundin durchs erotische Nirwana zu schaukeln.

(Welch schöne Erinnerung.)

Das ist eine ganz andere Geschichte, die sollte geheim bleiben!

Da half kein Jammern und Heulen. Am nächsten Morgen Punkt 8 Uhr, muss sich Emil unweigerlich seiner Pflicht beugen und sich vom Haaransatz bis zu den Zehenspitzen gründlich untersuchen lassen.

Am selben Abend saßen wir in unserem gemütlichen Stammbiergarten. Wir alle machten uns Sorgen. Was würde wohl geschehen, wenn unser frischgebackener Soldat Emil erfahren müsste, dass seine Braut Anni eine wilde Orgie nach der anderen feiern würde. Und als wir so dasaßen und überlegten, ging das Tor zum Biergarten auf und wer trat bis weit hinter die Ohren grinsend herein? Wer wohl? Ja genau, Freund Emil, lachend und gut gelaunt wie selten zuvor.

„Hey Freundchen, warum bist Du so gut drauf, hat Dir Deine Anni einen Heiratsantrag gemacht oder viel besser noch, hast du im Lotto gewonnen? Los, erzähl schon, was kam heraus bei Deiner Untersuchung? Bist Du nun Soldat oder nicht?"

„Meine Freunde, stellt Euch mal vor, ich konnte die Untersuchungskommission überzeugen, was für ein körperliches Wrack ich sei. Ich wurde von allen, bis auf eine einzige Gegenstimme ausgemustert – mit dem Argument, ich sei nicht fähig, den kräfteraubenden Wehrdienst abzuleisten."

Emil hielt uns ein Schreiben entgegen, darin stand:

„Sehr geehrter Herr Thaler, so Leid es uns allen tut, wir sehen leider keine Möglichkeit, Sie für den Wehrdienst tauglich zu erklären.

Wir wünschen Ihnen aber trotzdem alles Gute für Ihre weitere Zukunft!"

Unser Emil strahlte über das ganze Gesicht, und war heiter wie schon lange nicht mehr.

„Hurra Emil, Du bist ist ein unverbesserliches Glückskind, da wird sich Deine Anni sicher riesig freuen!"

Nach dieser tollen Nachricht bekamen wir erst recht Durst, und zechten bis kurz vor Sonnenaufgang.

Doch ein paar Wochen später sollte ein verheerendes Drama seinen Lauf nehmen. Unser Emil hatte sich zu früh gefreut, denn es kam erneut ein Brief vom Musterungsausschuss.

Ganz so glimpflich sollte er dann doch nicht davon kommen! Diese eine Gegenstimme, der Arzt also, der sich partout geweigert hatte, unserem Freund der Wehruntauglichkeit zu bescheinigen hatte einen Einspruch gegen all die anderen im Untersuchungsausschuss eingelegt - mit der Begründung, er habe das schwerwiegende Gefühl, dass unser Emil ein notorischer Simulant sei. Und dieser eine Arzt bestand felsenfest darauf, dass Emil zu einer zweiten Untersuchung vorgeladen werden sollte. Also bekam unser Freund einen erneuten Termin bei einem Vertrauensarzt am hiesigen Gesundheitsamt.

In zwei Wochen sollte, wenn auch mit Zähneknirschen, Emils nächste Untersuchung stattfinden. Am Tag X ging er total verunsichert, und gemischten Gefühlen, ob er nun doch noch tauglich für das ungeliebte Soldatentum sei, zu jener amtsärztlichen Untersuchung am Gesundheitsamt.

Dort angekommen, ließ man ihn noch einige Zeit im Wartezimmer Blut schwitzend warten. Emil wurde nach einer ganzen Stunde des Wartens durch eine Lautsprecherdurchsage aufgerufen.

Mit unsicherem und vor Angst zitterndem Gang betrat er das Arztzimmer, doch beim Eintritt in die neuzeitliche Folterkammer sollte er eine Riesenüberraschung erleben. Emil staunte nicht schlecht, denn der untersuchende Arzt war eine Frau, und was für eine! Die Ärztin war etwa 40 Jahre alt, trug hüftlanges schwarzes Haar und sah einfach umwerfend aus. Ebenso ihre Assistentin, vielleicht 25 Jahre, mit einer semmelblonden Wuschelmähne und strahlend blauen Augen.

Bei diesem Anblick verschlug es unserem Freund den Atem und er brachte vor lauter Staunen seinen Mund nicht mehr zu. Als wenn das noch nicht genug des Guten wäre, befahl die hübsche Ärztin mit einem netten Fingerzeig, Emil sollte sich bis auf die Unterhose ausziehen und sich dann auf die Bahre zur Untersuchung legen.

Und mit einer Engelsstimme sprach die Ärztin zu Emil:

„So, Herr Thaler, keine Angst, und seien Sie entspannt, es geschieht Ihnen nichts! Sie sind also hier bei uns, um sich über die Tauglichkeit fürs Militär untersuchen zu lassen!"

Und als sie dies ausgesprochen hatte, begann die attraktive Ärztin, unterstützt von ihrer genauso hübschen Assistentin mit der Untersuchung.

Sie tastete Emils Körper vom Kopf bis zu den Füßen nach etwaigen körperlichen Anomalien ab. Als nächstes musste sich Emil vollkommen nackt vor die beiden Damen hinstellen und wurde von allen Seiten genauestens begutachtet. Und nun stand Emil vor seiner härtesten Prüfung. Diese Untersuchung hatte unserm Freund scheinbar recht gut getan, er stand mit hochrotem Kopf und mit allmöglichen steifen Gliedern vor den beiden wunderschönen Damen. Er und brachte vor lauter Scham kein einziges Wort der Entschuldigung über seine Lippen.

„Aber, aber, Herr Thaler, machen Sie sich keine Sorgen, es ist schon vielen Männern vor Ihnen dasselbe passiert." Sprach die Ärztin beruhigend auf unseren schüchternen und erregten Patienten ein. Aber die beiden Grazien waren schon sehr mächtig beeindruckt von Emils körperlicher Statur und seinen funktionstüchtigen Gliedern.

„Nun mein Guter, wie ich sehe, geht es Ihnen gerade blendend, Sie sehen mir völlig gesund und in keiner Weise krank und eingeschränkt aus. Also werde ich Ihnen, Herr Thaler, den Spaß nicht verderben, den Sie bei der Bundeswehr erleben werden. Sie sind völlig gesund und zu Ihrem Glück vollkommen wehrtauglich."

Nach dieser frohen Botschaft bekam unser Emil weiche Knie und mit einen einzigen Paukenschlag versagten seine Glieder und wurden schlapp und verloren all ihre Standkraft.

18 Liebe schmeckt ja so gut

Eine leidenschaftliche Liebe ist etwas Besonderes. In ihr kann man seine Erfüllung finden oder viel schlimmer noch, in grenzenlosem Übermaß verrückt werden. Selbst die eingefleischtesten Junggesellen sind von dieser emotionalen Gefühlsregung nicht geschützt. Der Kampf und Ablehnung gegen die Liebe an sich endet nicht selten vor dem Traualtar. Spätestens dann hieß es für die direkt Beteiligten, entweder glücklich oder verrückt zu werden.

Von solch einem Kandidaten möchte ich berichten.

Dieser hartnäckige Junggeselle, der noch mit fünfunddreißig Jahren zu Hause bei seiner Mutter lebt, heißt Alois. Unser Freund führt mit seiner fürsorgenden Mutter ein Dasein in einer mittleren bayrischen Kleinstadt. Hier verdient Alois sein Geld als erfolgreicher Unternehmer. Und wie sollte es anders sein, jede alleinstehende Dame im Ort warf dem gut aussehenden und vor allem gut verdienenden Geschäftsmann verliebte und schmachtende Blicke zu.

Doch Alois blieb sich und seiner Überzeugung stets treu und die lautete: heirate nie und nimmer!

Denn eines ist dem Alois klar, keine noch so charmante Dame konnte so gut kochen wie seine liebe Mutter!

Zwar sagt diese ständig:

„Mein Junge, such dir doch mal eine Freundin, die du später heiraten kannst! Du bleibst sonst, wenn ich mal nicht mehr bin, ganz allein in diesem Riesenhaus. Und noch eins, ich will endlich meine Enkelkinder in den Schlaf schaukeln!"

Darauf gab Alois seiner besorgten Mutter stets immer wieder die gleiche Antwort:

„Nein, ich will und werde mich nicht an die Kette

hängen lassen! Was willst du? Es geht mir doch viel zu gut bei dir, Mama! Und wenn du schon unbedingt etwas in den Schlaf schaukeln möchtest, dann nimm doch die Katze zu diesem Zweck, unsere Muschi würde sich sicher sehr darüber freuen, wenn du ihr den netten Gefallen tust."

Bei diesen Worten lachte Alois und ging fröhlich und sehr vergnügt ins Geschäft. Doch eines Tages putzte sich unser Held fein heraus und seine Mutter stellte ihm voller Verwunderung die klärende Frage:

„Aber Alois, mein Schatz, was hat das zu bedeuten, du gehst mitten in der Woche als feiner Pinkel herausgeputzt aus? Ist da vielleicht eine Frau, die du mir vorenthältst, im Spiel? Die Zeit wäre schon längstens fällig!"

„Mutti, ich hab zwar eine Verabredung, aber bitte, stell dich nicht aufs Enkelkinderschaukeln ein."

Nachdem Alois mit seiner Mutter gesprochen hatte, verließ er das Haus.

„Hui, mein Bub hat eine Verabredung, ich hoffe nur, dass es sich bei dieser Dame um etwas Ernstes handelt. Schließlich soll mein großes Baby Alois glücklich werden!"

An vereinbarten Treffpunkt seines Rendezvous angekommen, nahm Alois an seinen reservierten Tisch, bestellte sich zu trinken, sah sich voller Erwartung in der Menükarte nach schmackhaften Leckereien um und wählte sein Leibgericht.

Etwas später ging die Tür zum Gastraum auf und herein kam das wohl schönste Lebewesen auf der ganzen Welt. Sie kam direkt an Alois' Tisch und sofort begann unser Freund, seine neue Eroberung mit den Augen zu genießen. Und er dachte sich still und leise:

„wau, was für eine rassige Schönheit, nicht zu fett

und nicht zu mager! Und erst diese schöne braune Haut und so knusprig, dass man am liebsten sofort hineinbeißen möchte. Vor allem die zwei lecker runden Dinger, die sie mit sich führte, fest und nicht zu wabbelig. Bei diesem Anblick musste man unweigerlich an etwas Unanständiges denken. Was für eine Brust, da möchte man jeden Tag zugreifen dürfen!"

Nachdem unser Alois genug mit seiner Verabredung geflirtet hatte, begann er ganz, ganz sachte seine Lippen an jenen erotischen Körper zu pressen, dabei dachte sich der Schwerenöter:

„oh Gott, welch edler Duft umschmeichelt meine verliebte Nase. Heute bin ich der absolute Glückspilz!"

Als er das beste Stück seiner Eroberung in seinem Mund hatte, wurde er fast verrückt vor dieser erhabenen Anmut. Mit der gespitzten Zunge glitt er der gebräunten Haut wie der ehemalige Casanova auf und ab.

„Welch zartes Fleisch, solch einen Engel sollte ein Mann jeden Tag bekommen!"

Alois knabberte und kaute genüsslich und voll Entzücken an der Brust seiner neuen Bekannten herum. Bei seinem Expeditionskurs mit beiden Händen bekam der Lustmolch Alois feucht erotische Augen und einen optischen Orgasmus nach dem anderen.

Liebe Leser, jetzt werden einige spröde Zeitgenossen rebellieren und mich der Pornografie bezichtigen. Keine Angst, ich kann euch beruhigen. Was den Höhepunkt von unseren Alois betrifft, dieses erhabene Glücksgefühl war rein geistiger Natur. Es waren doch noch andere Gäste im Lokal, die denselben Orgasmen erlagen wie unser Alois. Die hatten keine Zeit zuzusehen, was ein hungriger Junggeselle mit seinem Schweinebraten treibt.

Jetzt wird man mich fragen:

„Wie bitte, wir hören nur Schweinebraten, wie kommt das?"

Ganz einfach – der Genussmensch Alois hat sich soeben in den Schweinebraten von Köchin Anni verliebt. Die zwei runden Dinger, die weder zu fest noch zu weich waren, hatten den wohlklingenden Namen Semmelknödel. Und die leckere Brust, über die sich Alois genüsslich hermachte, war die im Rohr gebratene Schweinebrust mir ihrer knusprig braunen Haut, die beim Reinbeißen nur so krachte.

Nachdem Alois seine Verabredung vertilgt hatte, sprach er zur Köchin Anni:

„Anni, du bist die beste Köchin, die mir seit langem über den Weg gelaufen ist! Wie sieht's aus, hättest du Lust, mich am nächsten Wochenende zu einem Diner bei romantischen Kerzenlicht zu begleiten?"

Und die Anni wusste genau was sie wollte. Natürlich hatte sie Lust auf ein Date mit dem erfolgreichen Alois.

Rein zufällig hörte ich irgendwann nach Jahren, wie man im Ort darüber sprach, wie schön die Hochzeit von Alois und seiner Köchin Anni gewesen war.

Am meisten wird sich wohl die Mutter von Alois über die nette Schwiegertochter gefreut haben, jetzt kann sie endlich ihre Enkelkinder – drei an der Zahl - in den Schlaf schaukeln. Und einmal die Woche gab es das leckere Gericht, das Alois und seine Anni zusammengebracht hatte. Wir wollen doch hoffen, dass unser Schweinebraten-Liebhaber mir seiner Anni sein Glück gefunden hat!

19 Angstschweiß rettet Leben

Durchlebten auch Sie schon mal ein schicksalhaftes Horrorszenario, das Sie zu einer lebensbedrohlichen Operation zwang? Nein, Sie Glücklicher! Ich schon! Aber vielleicht muss man Ihnen nur erklären, was es heißt, sich in die blutverschmierten Hände eines Chirurgen zu begeben!

Männer, halt, ich meinte heldenhafte Herolde, unser Geschlecht wird seit Menschengedenken in edlen Heldensagen besungen. Auf den Schlachtfeldern der Geschichte strotzten wir vor Kraft und Stärke. Aber wehe, wenn uns der Bauch drückt, oder uns eine fast tödliche Erkältung ereilt, dann - meine Lieben - sollte schnellstens ein Priester zur Stelle sein.

Und dieses Jahr sollte mein Schicksalsjahr werden. Mir wurde eine schwere Prüfung auf die Schultern geladen. Seit einiger Zeit schon quälte mich ein gesundheitliches Problem und darüber will ich berichten.

Mein konsumiertes Pensum an Bier, Rotwein und dem kreislaufstärkenden Prosecco wollte partout nicht auf natürlichem Wege aus meinem Körper entweichen. Alles, was ich an Flüssigkeit zu mir nahm, verließ mich nur noch tröpfchenweise. Sie können es sich sicher nicht vorstellen, was es heißt, zehn Minuten an der Pissschüssel zu stehen und dabei die Tropfen zu zählen, ein Tropfen, zwei Tropfen, drei Tropfen, vier Tropfen usw. usw. Erst wenn Sie bei Hundert angekommen sind, dürfen Sie das Pissoir mit halb leerer Blase verlassen. Ich aber konnte und wollte mir beim besten Willen nicht vorstellen, mein restliches Leben in einer versifften Bahnhofstoilette zu beenden. Mir blieb also nichts anderes übrig als meinen Hausarzt um Hilfe zu bitten. Dieser ehrenwerte Mediziner sah mich an und sprach mit respektlosem Sarkasmus zu mir:

„Oh, Herr Deuml, Sie schon wieder, na, was fehlt uns denn?"

Oft hab ich das untrügliche Gefühl, dass mein Arzt mich und meine vielen Krankheiten nicht richtig ernst nimmt! Ich kann das nicht verstehen, dabei war ich erst achtmal in diesem Jahr in seiner Praxis.

„Herr Doktor, wenn ich Ihnen sage, was mir dieses Mal fehlt, werden Sie verblüfft sein!"

„Na, dann erzählen Sie mal, Herr Deuml, welches schwere Leiden quält Sie heute?"

„Herr Doktor, Sie werden mir nicht glauben, aber ich kann nur noch tröpfchenweise pinkeln und das schon seit geraumer Zeit."

„Na, na, Herr Deuml, Sie waren heuer schon achtmal wegen verschiedenster Krankheiten bei mir in der Praxis, einmal wegen lebensbedrohlichem Fieber(39°). Ein andermal glaubten Sie sich dem Tode nahe und das, weil Sie husteten. Sie hatten nur eins, einen klitzekleinen Erkältungshusten, aber keinen unheilbaren Lungenkrebs, wie Sie befürchteten. Ich bin mir fast sicher, dass, wenn ich Ihnen gestehe, mein Herr, Sie völlig gesund sind, ich Sie jeder Illusion wegen der vielen Krankheiten berauben werde. Mein Herr, wenn all meine Patienten so gesund wie Sie wären, müsste ich den Hungertod erleiden oder Sozialhilfe beantragen. Aber wenn Sie darauf bestehen, dann machen Sie sich frei, damit ich Ihren Körper untersuchen kann. Noch mal, Sie sagten, Sie hätten diesmal Probleme mit dem Wasserlassen?"

„Aber ja doch, meine Worte, früher konnte ich ganze Landstriche unter Wasser setzen. Heute reicht es nur, um einen Kaktus gerade mal am Leben zu erhalten. Sehen Sie mich doch an, ich hab schon ganz gelbe

Augen. Wo in Gottes Namen bleibt Ihr ärztliches Mitleid?"

Erst nach eingehender Untersuchung kam mein Arzt dann doch noch zu einem Ergebnis.

„Mein Guter, ich glaube fast, Ihre Prostata befindet sich im Krieg mit der Blase. In diesem Falle muss ich Sie wohl oder übel in eine Klinik überweisen. Ich befürchte, dass man bei Ihnen einen operativen Eingriff vornehmen muss. Kopf hoch, Herr Deuml, dieser kleine Schnitt wird Ihre Lebenserwartung nicht schmälern!"

Mein Doktor hat gut lachen, bin ich es doch, der zu Hackfleisch verarbeitet wird und nicht er! Wie es scheint, bin ich in die Fänge der modernen Medizin geraten. Mich quält nur eine Frage „werde ich das überleben?" Mein Arzt sagt zwar ja, nur meine innere Einstellung lässt dunkle Gewitterwolken aufkommen. Nur ist es jetzt wohl zu spät, um noch schnell flinke Füße zu bekommen. Nachdem ich samt meinen Utensilien in die Klinik eingecheckt hatte, begannen die ersten Untersuchungen. Ultraschall, Blutabnahme und ein paar Tropfen Urin, die ich Blut schwitzend zustande brachte. Anschließend gab mir mein untersuchender Arzt zu verstehen:

„Herr Deuml, alles, was Sie mir erzählten, lässt mich vermuten, dass Ihre Prostata etwas vergrößert ist. Sie müssen sich nicht fürchten, so eine kleine Operation machen wir während der Mittagspause. Also morgen um neun Uhr früh haben Sie Ihren Termin."

Jetzt erst begriff ich, wie düster und beklemmend meine Zukunft aussieht! Mein Körper gehört der chirurgischen Medizin! Pünktlich um halb neun kamen einige Schwestern in das Krankenlager und fuhren mich in den Operationssaal. Der anwesende Narkosearzt sah mich mit einem bitter-ironischen

Lächeln an und sprach zu mir:

„Na, Herr Deuml, warum zittern Sie so, ist Ihnen kalt? Oder kann es sein, dass Sie Angst haben? Na, na, so ein großer Junge und sich vor so einer kleinen Operation fürchten. Mann, beweisen Sie Mut!"

Bevor ich mich recht versah, lag ich schon im Schlummerland, umarmt von lieblichen Feen und holden Prinzessinnen, die mir in meiner ungünstigen Lage wohlwollend beiseite standen.

Am späten Nachmittag, alle Feen und Prinzessinnen waren verschwunden, erwachte ich aus der Umklammerung der Narkose. Was für einen jämmerlichen Anblick gab ich doch ab, ich hing an tausend Schläuchen und Infusionsflaschen und war zu keiner Bewegung fähig.

Doch für meinen Mut wurde ich großzügig belohnt. Denn das erste Gesicht, in das ich sah, war engelhaft, ja sogar wunderschön.

Dieses Juwel an Krankenschwester, die mich zurück aufs Zimmer brachte, hatte die schönsten Augen, in die ich je sah. Ich glaubte sogar, an jener Dame einen Heiligenschein zu sehen. In dieses edle Fräulein hab' ich mich an diesem Tag unsterblich verliebt. Dieses erhabene Geschöpf nahm meine gequälte Hand in die ihrige, drückte und streichelte sie mit einer Inbrunst, dass es mir rosa Wölkchen in die Augen trieb. Jetzt erst empfand ich erste Linderung meines Martyriums. Dies war wohl das einzig Positive, was mir in diesem Krankenhaus widerfahren ist. Meinen Engel sah ich leider nie mehr wieder!

Von nun an bescherte mir mein Schutzengel nur noch unsichtbare Prügel und das im wahrsten Sinne des Wortes. Das menschliche Drama zeigt sich oft in dramatischer Weise oder wie in meinem Fall in Form einer Feuer speienden Furie, die sich geschulte

135

Krankenschwester nennt. Schwester Olga! Allein schon der Name, der verrät schon vieles über ihren wahren Charakter! Diese unliebsame Matrone hatte den Charme einer ausgepressten Zitrone und das Aussehen eines asiatischen Profiringers.

Dieses holde Weibsbild mit Tausenden Haaren auf ihren Zähnen quälte mich von früh morgens bis zum späten Nachmittag mit doofen Fragen, wie:

„Na, Herr Deuml, wie war die Nacht, haben Sie auch gut geschlafen?"

Oder:

„Wie war dies, und wie war das?"

Und in einem Zug rammte mir die weiß gekleidete Domina die morgendliche Spritze in meinen Oberschenkel. Mit schmerzverzerrtem Gesicht gab ich ihr zur Antwort:

„Jawohl Schwester Olga, ich hätte sehr gut geschlafen, aber Sie mussten mich ja wecken. Wann gibt es Frühstück, ich hab' Hunger?"

Hier durchströmten mich erste Zweifel und ich bemerkte zu meinem Entsetzen, was es heißt, Kassenstatt Privatpatient zu sein.

Frühstück oder das ganze Schweinefutter in diesem traurigen Gebäude bedeutete, dass meine beiden Katzen zuhause genüsslich um die Wette schlemmten. Und was tue ich hier? Ich leide Hunger! Und das Mittagessen erst, diese Kost sollte mich noch mehr überraschen es bestand aus den verschiedensten Zutaten und aus rationellen Gründen wurde sicher alles zusammen in einem Topf gekocht. Und was übrig blieb, wanderte in abgeänderter Form wieder als Abendmahl auf unseren Teller. Die Krankenhausverwaltung glaubt wohl, von Tabletten und Spritzen kann man auch satt werden!

Doch nun zurück zur Schwester Olga. Um der Qual

gerecht zu werden, bekam ich noch vor dem Frühstück von meiner lieben Krankenschwester eine schmerzintensive Sonderbehandlung.

Mit einem fröhlichen Lächeln, dass es einen Kühlschrank zum Schwitzen brachte, zog und hantierte diese an den vielen Schläuchen in meinem Körper.

Jetzt ahnte ich es, die Dame war wohl zu schüchtern, um mir auf sensiblere Art Ihre Zuneigung zu gestehen. Dabei sah sie mich verzückt an und sprach:

„Junger Mann, Sie werden von Tag zu Tag mutiger, heute haben Sie die Schmerzen ertragen, ohne zu schreien!"

Nach zwei langen Wochen war es dann soweit, der Stationsarzt ließ mich verstehen.

„Herr Deuml, Ihr Krankheitsbild ist recht gut verlaufen, wir können Sie, nachdem alle Schläuche entfernt wurden, baldigst entlassen."

Zwei Tage später stand mir das finale Schmerzsyndrom bevor. Krankenschwesterchen Olga hatte das Vorrecht gepachtet, die quälenden Schläuche aus meinem geschundenen Körper zu entfernen.

„Schwester Olga, bitte", bat ich sie. „versprechen Sie mir eines, dass es diesmal ohne Schmerzen über die Bühne geht!"

Das teuflische Funkeln in ihren Augen hätten Sie sehen sollen!

„Aber, aber, Herr Deuml, Sie sind mir aber ein Angsthase."

Mit gekonnter Drehung zog mir Schwester Olga alle Schläuche aus meinem Körper.

Dies war der krönende Abschluss. Mit einem kontinentübergreifenden Orgasmusschrei, der mehr an Schmerz als an Lust erinnert, weckte ich bestimmt die ehemaligen Patienten, die unten am hauseigenem Friedhof ruhten.

Danach war ich wieder ganz der alte Deuml. Zum letzten Mal sprach Schwester Olga zu mir:

„Mann, oh Mann, so was von wehleidig, wie Sie es sind, findet man nicht alle Tage!"

So viel Respektlosigkeit konnte ich nicht auf mir sitzen lassen! Ich sah sie sehr bissig an und sprach:

„Liebe Schwester Olga, glauben Sie mir, Angstschweiß kann Leben retten! Ich bin lieber ein lebender Hypochonder als ein toter Held!"

20 Puff – Abo

Seit Tagen sitzt Erich F. einsam und von allen ihm bekannten Göttern verlassen in seiner Junggesellenbude. Er wartet auf eine himmlische Eingebung, die ihn aus diesem quälenden Jammertal befreien würde. Keiner seiner Bekannten und Freunde rief an oder schrieb ihm ein paar Zeilen und erkundigte sich, wie es ihm geht. Mit einer Seele, die von Selbstmitleid hin und her gerissen ist, begann unser am Tiefpunkt seines Lebens Angelangter melancholische Eigengespräche zu führen:

„Oh lieber Gott, bitte hilf mir! Selbst meine unnachgiebigsten Gläubiger meiden zurzeit meine Gesellschaft!"

Sie werden sich sicher wundern, warum gerade ein junger Mann wie Erich, so heftig am schwermütigen Hungertuch nagen konnte. Seine Schwermut mit allen dazugehörenden Schikanen lässt sich mit wenigen Worten erklären. Es ist ein Drama, wenn einem das hormonelle Frühjahr in unerträglich hohem Maße zusetzt. Genau, der Wonnemonat Mai drückt auf Erichs Lenden.

„Sogar die Filzläuse in meiner Hose tanzen wild und hemmungslos Tango", dachte er sich.

Kein Wunder, alles blüht und sprießt. Überall wird geliebt, gebalzt und jeder Mensch oder jedes Tier ist nur an dem Einen interessiert:

„Wie gebe ich am erfolgreichsten meine Gene weiter."

Man muss nur seine sensiblen Antennen ausfahren und nach allen Seiten Ausschau halten. Man kann die knisternde Stimmung förmlich riechen. Selbst die abgebrühtesten Realos merken: das Leben beginnt von neuem! Ja, aber ja doch, es explodiert förmlich! Einzig unser Erich sollte bei diesem frivolen Treiben leer ausgehen.

Dem Armen bleibt nichts anderes übrig als sich aus purem Frust selbst ein paar schmerzhafte Schellen auf sein gedemütigtes Maul zu geben. Eine Dramatik jagt die andere, denn zum sexuellen Frust ist unser Erich auch noch zum wiederholten Male pleite. Der Monat Mai ist wohl die härteste Zeit im Leben eines alleinstehenden Junggesellen, es ist, als wenn man einem Sexsüchtigen hochwirksames Potenzmittel verabreicht und ihn dann für mehrere Stunden alleine in eine geschlossene Zelle sperrt. Der arme Wicht wird sich bei diesem Stunt einen schmerzhaften Tennisarm einfangen.

Um aus diesem Dilemma auszubrechen rannte Erich voll von antreibendem Testosteron im Zimmer auf und ab.

„Mensch, wenn nicht bald ein erotisches Erdbeben passiert, hänge ich mich am nächstbesten Baum auf!"

Nun, soweit wird es wohl nicht kommen. Unser Erich ist bei der Damenwelt eigentlich ein spendierfreudiger und gern gesehener Gast. Nur, und das ist leider unwiderruflich seine finanzielle Schieflage bedeutet:

„Hilf dir selbst, dann hilft dir Gott!"

Nun, Erich ist auch ein schlaues Kerlchen, das gegen alle Widrigkeiten seines derzeitigen Finanzdramas ankämpft und fieberhaft nach einer Lösung sucht. Seine Freunde anzupumpen geht diesmal nicht, da müsste er schon zuerst seine ausstehenden Schulden begleichen.

In seinem Adressenbuch standen zwar viele Namen, von denen einige sogar in Geld schwammen, aber keiner war bereit, Erich mit einigen Hundertern auszuhelfen. Seine liebe Oma konnte Erich nicht um Geld bitten, von der bekam er seit jeher nur Naturalien in essbarer Form. Mit Salamibrötchen und hart gekochten Eiern ließ sich nach seiner Erfahrung keine der anspruchsvollen Damen beeindrucken. Für ein erfolgreiches Schäferstündchen muss schon viel mehr her.

Jetzt gab es für unseren Liebeshungrigen nur noch eine Option. Erich hatte einen schwerreichen Onkel. Doch dieser verhielt sich wie alle Vermögenden. Dieser Herr war bis in das Mark geizig, berechnend und eiskalt.

Bei diesem Herrn wusste Erich schon im Vorhinein, welch fürchterliche Leiden ihm bevorstanden. Bei jenen Leiden handelt es sich um das unsensible Wort und das lautet:

„Menschenverachtende Sklavenarbeit!"

Mit hängenden Schultern stand unser Held vor seinem despotischen Onkel und bat um Geld.

„Lieber Onkel Josef, ich muss dich um einen Gefallen bitten, ich......."

Sein Onkel ließ ihn nicht ausreden, denn er wusste sofort Bescheid.

„Los sprich, du Taugenichts, wie viel brauchst du diesmal, einhundert, zweihundert oder gar fünftausend!"

„Nur fünfhundert, Onkel Josef, mehr nicht!"

Sein geiziger Onkel war gerne bereit ihm unter die Arme zu greifen, nur nicht umsonst.

„OK, du sollst das Geld bekommen, für eine klitzekleine Gegenleistung. Als Erstes mähst du den Rasen, anschließend entrümpelst du meinen Keller. Danach darfst du den Gartenzaun streichen und wenn alles erledigt ist, sehen wir weiter."

Erichs Onkel verlangte einen hohen Blutzoll. Er

verdonnerte seinen Neffen zu sämtlichen Arbeiten an seinem palastähnlichen Haus und dem weitläufigen Grundstück. Dem Erich blieb gar nichts anderes übrig, als sich dem Angebot seines Onkels zu fügen. Erich sollte sein blaues Wunder erleben. Nichts, rein gar nichts konnte er seinem Onkel recht machen. An allem hatte der alte Raffzahn was auszusetzen. Mal war es der Rasen, ein anderes Mal der Gartenzaun.

Ein wahrhaftiger Menschenschinder!

Doch jedes Martyrium hat auch mal ein Ende. Nach zwei endlos langen Wochen Knochenarbeit war endlich Zahltag.

„Hier mein Neffe, hier hast du das Geld. Auch wenn du es dir nicht wirklich verdient hast. Und nun verschwinde!"

Mit seinem neuen Reichtum verließ Erich eilig den Ort seiner Qual.

„Jetzt aber, nichts wie ran an die scharfen Bräute!", sagte er zu sich.

Als Neureicher, mit fünfhundert Euro Kapital, standen Erich sämtliche Türen für ein Treffen mit einer faszinierenden Dame weit, weit offen. Doch Erich wollte keine wertvolle Zeit und schon gar kein Geld für umsonst versprochene Liebesdienste opfern. Viel zu oft lud er die eine oder andere Dame zum Essen ein und ging dann ohne geküsst zu werden nach Hause. Ohne gründliche Planung läuft hier gar nichts. Es kam dafür nur eine infrage. Und diese Dame inseriert in der lokalen Zeitung unter dem vielversprechenden Künstlernamen Sylvia.

Ihr Firmen-Credo lautet:

„Ich verspreche jedem, der mich besucht, dem wachsen Flügel!"

Oh ja, wie Recht sie damit hat. Wie oft erlebte Erich bei jener aparten Dame einem orkanverwandten Orgasmus. Für dieses Fräulein war Erich kein Fremder. Er war einer ihrer eifrigsten Stammkunden. Nicht nur Erich erlebte die Gunst des liebreizenden Callgirls. Die Freier standen bei Sylvia regelrecht Schlange. Diese Dame war die pure Sünde. Ach was rede ich, sie ist eine erotische Offenbarung. Dieser Schatz ist für Geld zu jeder erdenklichen Schandtat bereit. Schließlich ist sie keine spießige Spielverderberin. Und bei ihrer sozialen Arbeit hat sie ganz nebenbei mächtig viel Spaß. Jetzt, mit seinem neu erworbenen Reichtum, konnte sich Erich ohne Gewissensbisse an jene Dame wenden. Zuhause angekommen, bereitete er sich auf das Treffen mit dem Modell Sylvia vor.

Als erstes badete und rasierte er sich. Anschließend durchstöberte Erich seinen Kleiderschrank und zog seinen besten Anzug hervor. Er wollte bei seiner Venus einen adretten und gepflegten Eindruck hinterlassen.

Ein letzter Blick in den Spiegel und Erich war sich sicher:

„Wenn ich so vor meinen Engel Sylvia trete, bekomme ich bestimmt die eine oder andere Nummer gratis von ihr."

Eilig fuhr Erich mit dem Fahrrad zu dem Etablissement, wo sein Traum von erfüllter Erotik Wirklichkeit werden sollte. Im Empfangsraum sah er sie. Sylvia, leicht bekleidet, ja fast nackt und wunderschön wie eh und je. Sie studierte eifrig die neuesten Börsennachrichten.

Nervös fingerte Erich in seiner Hosentasche und zog ein Bündel Geld heraus, dann sprach er zu dem gut aussehenden Frauenzimmer:

„Mädel, ich bin spitz wie ein räudiger Straßenköter. Hier sind dreihundertfünfzig Euro, glaub mir, nicht nur deine Aktien sind im Steigen, auch die meinigen. Los komm schon, lass mich das Geld in deine lustvolle Gymnastik investieren!"

Fräulein Sylvia hob gelangweilt ihren Kopf, sah das Geld, jetzt erst bekam die Liebesdame leuchtend lebendige Augen.

Der Orgasmus einer Nutte!

Ohne ihren Freier anzusehen, schnappte Sylvia das Geld und steckte es in ihr Strumpfband. Erst dann war sie mental bereit ihrem Freier in die Augen zu sehen.

„Was für eine freudige Überraschung, der Erich. Natürlich darfst du mich in mein Arbeitszimmer begleiten! Dort lassen wir es richtig krachen, versprochen!"

Eines kann man mit ruhigem Gewissen behaupten: Sylvia hat nicht untertrieben, als sie von „es krachen lassen" sprach. Unser Freund Erich wurde auf angenehmste Weise durchgeschüttelt.

So, dass ihm das Hören und Sehen gewaltig verging. Er vergaß sicher, ob er letztlich ein Weibchen oder ein Männchen ist. So will jeder Mann behandelt werden.

Doch irgendwann hatte jeder Spaß sein Ende. Erich lag in vollkommener Zufriedenheit neben seiner Spielkameradin Sylvia und ohne seine Augen zu öffnen sprach er zu ihr:

„Wau, Sylvia, du bist der Hammer, der jeden noch so starken Mann angenehm in die Knie zwingt. Aber ich war dieses Jahr schon mehrmals bei dir. Nun meine Liebe, was hältst du von einer einmalig kostenlosen Sympathienummer?"

Das Callgirl Sylvia sah dem Freier mit ihrem schonungslosen Geldgierblick an. Nach einer Minute des Überlegens gab sie Erich zur Antwort:

„OK, mein Freund, gib mir dein restliches Geld und mit den vergangenen Nummern und der von heute ergibt die Summe zehn. Gut, du darfst mich ein weiteres Mal genießen. Aber nur unter einer Bedingung."

Erich fragt:

„Welche, sag schon?"

„Mein Guter, bei unserer letzten Sitzung möchte ich das Licht ausschalten, denn für kostenlose Dienstleistungen will ich kein Licht bei der Arbeit! Dieses eine Mal darfst du als eine Art Abo oder trefflicher als Puff-Abo sehen."

Erich bekam leuchtende Augen:

„Sylvia, mir ist es wurscht, ob dabei das Licht brennt oder nicht, Hauptsache, es gefällt mir!"

Und so ging Sylvia durchs Zimmer und schaltete den Lichtschalter aus,

„Ich muss nur noch schnell ins Bad, bin sofort wieder da."

Minuten später, ganz, ganz leise, die Tür geht auf, und eine nackte Silhouette betrat den verdunkelten Raum. Erich bekam vor lauter Schauen ein steifes Genick. Dann, die beiden Körper vereinigten sich zu einen einzigen Batzen Fleisch. Es war wunderschön. Die letzte Session sollte für Erich das Nonplusultra seiner angestauten Libido werden. Als er erneut einen Orgasmus ansteuerte, flogen bunte Schmetterlinge durch den von lieblichem Vogelgezwitscher verzauberten Raum.

Mit einem markerschütternden Schrei flog Erich, getragen von zwei Engeln, auf direktem Wege durch das erotische Paradies. Irgendwann, vielleicht fünf Minuten später, die Schmetterlinge und das Vogelgezwitscher waren verschwunden, als Erich wieder zu sich kam. Von der Liebeswiese aufstehend ging er durch das verdunkelte Zimmer, schaltete das Licht an und jetzt kommt's. Seine Sylvia durchlebte eine horrormäßige Veränderung. Aus der appetitlich gut aussehenden Dame wurde wie durch ein unerklärliches Wunder eine mit Falten übersäte Mumie. Das Fräulein stand fast kahlköpfig und mit der Erde verbundenen Hängebrüsten vor Erich. Völlig aus dem Häuschen sprach Erich die unbekannte Schöne an:

„Oh Gott, du hast ja gar keine Zähne mehr. Mann, sag mal, wer in Gottes Namen bist denn du? Und vor allem, wo ist Sylvia?"

„Mein Schatz, ich bin Olga und bin die Tante von Sylvia. Sylvia ist schon nach Hause zu ihrem Freund gegangen. Für Gratisnummern bin ich zuständig. Dafür zahlt mir meine liebe Nichte jedes Mal zwanzig Euro. Den Zuverdienst kann ich gut zu meiner Rente gebrauchen und Spaß macht es sowieso."

21 So ein Affenhaus
(Und keiner läuft davon)

Meine Herrschaften, gehören Sie zu den Glücklichen, die ein Eigenheim besitzen? Oder leben Sie in einem Mietshaus, in dem das Chaos das Reglement übernahm. Wenn ja, dann ist Ihnen mein Mitleid sicher!

Ich wohne oder besser ich hause seit nahezu fünfundzwanzig Jahren in einer ruinösen Schimmelburg.

All meine Bekannten hingen mir mehr als oft in den Ohren und sagten zu mit:

„Mann Deuml, warum suchst du dir keine andere Bleibe?"

Dies ist leicht erklärt! Eine billigere Bude, wo man für gerademal zweihundert Mücken wohnt, gibt es wahrscheinlich nur noch auf dem Mond. Aber um das menschliche Drama zu erforschen, war man in diesem Mietshaus genau richtig. Denn eigentlich ist hier immer der Teufel los. Hier in dieser Hütte des ungeordneten Chaos wird einem stets etwas gegen die Langeweile geboten.

Um das Mysterium des Lebens zu erfahren, mussten wir nur aus unseren Wohnungen treten und schon erlebten wir mehr Abenteuer als in der Fernsehserie „Die Straßen von San Franzisko"!

Nehmen wir mal die Dame aus dem dritten Stock, Julia W. Dieses aparte Pralinchen ist seit mehreren Jahren eine eingefleischte Junggesellin, was sie aber nicht davon abhielt, mehrmals die Woche einen Freund mit nach Hause zu nehmen, mit der Absicht, sich mit dem Herrn eine erotisch wilde Kissenschlacht zu liefern.

Ach ja, die Julia! Dieses Herzchen war wahrhaftig keine spießige Spielverderberin!

Jeder im Haus durfte akustisch an Julias Glück teilhaben. Man gönnte ihr ja Ihren Spaß, aber musste es bei der Dame immer so laut hergehen?

Wir durften es zu oft miterleben, wie Julia ihre opernmäßigen Orgasmus-Arien durch den gesamten Mietsblock jagte. Tausend wild durcheinander fickende Straßenkatzen konnten nicht diesen Lärmpegel jener Dame überbieten. Oder anders ausgedrückt: Vergleicht man eine Feuerwehrsirene mit der poppenden Julia, so hörte sich das Geheul der Sirene an, als liefe Amadeus Mozarts kleine Nachtmusik.

Von allen Seiten klopften die Mieter frustriert an die Wände und hofften dabei, dass es dadurch ruhiger werden würde.

Derjenige, dem das Gejaule mehr als alle anderen auf die Nerven ging, war unser kauziger Urbayer Sepp. Der war es der brüllend durch das Haus rief:

„Julia, du oide Schnepf, schau zua, dass´d fertig werst!"

Doch am schlimmsten traf es die alleinstehenden Singlemänner.

Bei so viel unkeuschem Geschrei musste sich manch einer der Herrn mehrere Kilo Eiswürfel zum Abkühlen besorgen.

Oder dem einen oder anderen Zeitgenossen reichte ein gewöhnliches Papiertaschentuch.

Doch irgendwann wurde es ruhig und wir alle im Haus hofften, ja wir beteten sogar, dass nun Ruhe einkehren würde.

Irrtum, die beiden agilen Ficker gönnten sich nur eine kurze Verschnaufpause. Das Duo erholte sich für die nächste Nummer.

Und wenn wir am Morgen darauf die Julia auf ihr lauthalses Treiben ansprachen, wurde sie vor Scham rot im Gesicht und zuckte mit den Schultern:

„Ach wisst ihr", sprach sie immer, „was soll man da schon machen, meine Freunde, wenn´s halt so guttut!"

Das war unsere Julia, und wir Junggesellen liebten sie für ihr hörbares Temperament.

Ein anderes Kaliber ist die Dame über mir. Frau Brauer! Diese Dame ist mit ihren achtzig Jahren, die sie vorzuweisen hatte, mit einer fortgeschrittenen Demenz gesegnet. Eigentlich war diese Dame ein gutmütiger Engel, wenn auch sehr oft verwirrt. Dann mussten wir ran und sie wieder auf den rechten Weg führen. Manchmal stand sie mitten in der Nacht nur mit einem dünnen Schlafanzug bekleidet vor meiner Wohnungstür und rief meinen Namen:

„Hilfe, Herr Deuml, in meiner Wohnung spukt es. Bitte, bitte helfen Sie mir!"

Spätestens dann war an erholsamen Schlaf nicht mehr zu denken. Obwohl ich meistens zur Frühschicht aufstehen musste, war ich gerne bereit, Frau Brauer von ihren Gespenstern zu befreien. Was blieb mir schon übrig, ich wusste genau, dass mir meine Nachbarin keine Ruhe gönnen würde! Mit der Dame im Schlepptau tapste ich mich hundemüde rauf zu ihrer Wohnung. Vereint suchten wir in jedem Zimmer nach dem nächtlichen Störenfried.

Ich bin ein aufgeklärtes Kind und weiß, dass es keine Geister gibt, für dieses Phänomen gab es sicher eine plausible Erklärung.

Doch manchmal musste meine Aussage bezüglich der Geister korrigiert werden.

Raucht man ein bestimmtes Kraut, kann es leicht passieren, dass man von eingebildeten Monstern der widerlichsten Art heimgesucht wird. Dies hat nichts mit vorzeitiger Demenz zu tun, es war ein simpler Kifferrausch. Vielleicht sollte man der Dame etwas von diesem Kraut zum Inhalieren geben, denn dann sind ihre Gespenster von realer Natur.

Aber lassen wir das, wichtiger sind die Geister in Frau Brauers Kopf und in ihrer Wohnung.

Nachdem wir alle Zimmer durchsucht hatten, musste ich der verstörten Dame sagen, dass es nichts zu finden gab, was ihr Angst machte.

„Doch glauben Sie mir!", sprach Frau Brauer.

„woher kommen sonst die Geräusche!"

Ich wusste nicht, was zu tun sei, ging noch vor die Wohnungstür und horchte. Wer weiß, vielleicht erlebte unsere poppfreudige Julia wieder einen ihrer berüchtigten Höhepunkte. Nein, heute war von Julia nichts zu hören, was war es dann?

Dann ließ sich der vermeintliche Geist sehen. Ich musste zweimal hinsehen, um es zu realisieren, um welches Unikum es sich dabei handelte.

Es war das quietschlebendige Meerschweinchen von Frau Brauer. Quiekend und mit frechen Augen sah uns das Mistvieh an und freute sich über die Aufmerksamkeit, die ihr von uns zuteilwurde.

„Da, Frau Brauer", sagte ich, „hier haben Sie ihren Geist!"

„Ach Mausi, da bist du also! Du böses, böses Meerschweinchen!" Das war die Reaktion von meiner verwirrten Nachbarin.

Und ich? Ich schlich wie eine Mumie hinunter zu meiner Wohnung. Ans Weiterschlafen war nicht zu denken, in einer Stunde würde mich mein Wecker eh' aus dem Schlummerland klingeln. Leise sagte ich zu mir:

„Oh Gott, wieder eine schlaflose Nacht!"

Ich ging, besser noch - ich kroch unausgeschlafen ins Bad und richtete mich für meinem Job her. Noch ganz schnell ein Kaffee im Vorbeirennen und dann im Lauftempo zum Bus. Mein Chef hatte für meinen desolaten Zustand kein Verständnis. Egal, was ich als Entschuldigung vorbrachte, er glaubte mir kein Wort.

„Na, Herr Deuml, wieder mal Gespenster gejagt oder ist Ihnen König Alkohol dazwischengeraten? Wenn ich mir Ihre bis zu den Knien reichenden Augenringe so ansehe, weiß ich Bescheid! Noch mal so´n Stunt und Sie sind gefeuert!"

Meine Herrschaften, über die Drohung meines Brötchengebers muss ich mir keine Gedanken machen, das hör ich mehrmals im Monat, daran hab ich mich gewöhnt.

Aber was mir mehr Frust bereitet, ist eine im Haus gegenüber lebende Familie. Diese komplette Sippschaft lebt durchwegs von der Stütze. Mancher wird meinen, diese müssten mit den finanziellen Mitteln sparsam Haus halten. Wer das glaubt, der glaubt auch noch ans Christkind! Dieser Clan bot sich nächtelang die wildesten Alkoholorgien. Einer der Söhne war berühmt dafür, dass er im Delirium ständig aus dem Fenster kotzte. Die Freude darüber war riesengroß, als am nächsten Morgen die Mieter unter ihnen auf ihre vollgekotzten Fenster sahen.

Das war kein Trinken! Es war ein Gang zu den Waffen.

Und zur späteren Stunde, nach getanem Besäufnis lieferte man sich eine aufgeweckte Keilerei. Die gesamte Familie ging mit vereinten Kräften aufeinander los und verprügelte sich aufs Heftigste. Als Familie hält man halt zusammen!

Und wie sie zusammenhielten!

Da flogen Tassen, Teller, Pfannen und Sonstiges, alles, was zum Werfen taugte. Da ging die Mutti auf den Vati los, der Bruder auf die Schwester und die

Schwester wiederum auf den Bruder und Familienköter Hund Waldo biss den Vati ins Hinterteil. Jeder war mit irgendeinem Mitglied der Sippschaft beschäftigt, keiner musste aus Langeweile zusehen. Es war ein Gemetzel! Meistens rollte das Überfallkommando mit mehreren Polizeibeamten an und die gesamte Familie durfte in der Ausnüchterungszelle nächtigen.

Ein Familienfest der besonderen Art!

Halt, fast hätte ich vergessen, dass auch unser Bayer, der Sepp, meistens mit von der Partie war, nur fuhr man den Suffkopf zwecks Alkoholvergiftung sofort ins nächste Krankenhaus.

Sie wissen schon, Magenauspumpen und so.

Meine Herrschaften, jetzt wisst ihr Bescheid, wie es in unserem Haus zugeht. Keiner im Haus brauchte ein Fernsehgerät, warum auch! Es genügte sich außerhalb der Wohnung umzusehen, was einem hier geboten wurde, war mehr wert, als die Filmindustrie je zustande brächte.

Ansonsten ließ es sich bestens hier wohnen.

Halt, ich muss korrigieren, es gibt ein Problem! Es wäre wirklich toll, hier zu wohnen, wäre da nur nicht unser gefürchteter Hausdrachen Frau Frey.

Diese Lady ist hart wie Granit!

Im Vergleich mit Eierkochen war sie kein drei-Minuten-Ei, diese Dame hatte man mindestens eine Stunde lang gekocht. Sie wäre die geeignetste Braut für unsern Herrn Satan. Obwohl, wollen wir dem armen Kerl wirklich so viel Gemeinheit zukommen lassen, hat der nichts Besseres verdient?

Wegen jeder noch so kleinen Lappalie beschwerte sich das Monster beim Vermieter. Mal war es die angeblich nicht gemachte Hausordnung, ein andermal beschwerte sie sich über das laute Liebesleben von

Julia. Purer Neid! Die alte Schachtel wusste eben nicht, was es bedeutet, wenn zwei Menschen sich lieben. Woher auch?

Sie hatte gar nicht die Zeit für Romantik. Und wenn doch, nahmen ihre Liebhaber beizeiten Gift. Zur Trauer gab es keinen Grund, denn viel wichtiger war ihr sowieso, uns mit ihrem Sauberkeitsfimmel die Hölle heißzumachen. Wie oft rannte ich bewaffnet mit Eimer, Wischmob und weiteren Reinigungsutensilien durch die Etagen unseres Hauses und versuchte, das bisschen Staub zu entfernen, den man ohne Mikroskop sehen konnte. Ohne es zu bemerken, stand der alte Drachen Frey hinter mir und kontrollierte das Ergebnis.

Die Alte schnüffelte wie ein gut dressierter Drogenhund in allen Ecken, mir war klar, dass sie in irgendeiner verborgenen Ritze ein verloren geglaubtes Staubkorn finden würde.

Und schon wieder bekam ich einen deftigen Brief von der Hausverwaltung, in dem stand, dass das Haus unter erbärmlichsten Zuständen leidet.

Ich denke mal, dass Gott mit seinem Gegenpart, dem Satan, ein Pokerspiel veranstaltet hat, und wer verliert, muss sich bis in alle Ewigkeit mit Frau Frey auseinandersetzen. Es gab nur eine Option: entweder fuhr Frau Frey nach unten oder ganz nach oben! Eines ist sicher: einer von Beiden wird weinen!

Ich hör' sie jubeln die Herrschaften im Fegefeuer, denn diese Sünder blieben von jener Dame verschont!

Aber wie sieht es mit dem Herrn Deuml selbst aus, wird mancher fragen.

Meine Herrn und Damen, Sie verlangen ernsthaft von mir, ich sollte auch mich als Mieter outen. Gut, ich will in dieser Geschichte nicht zurückstecken.

Ihr habt das Recht meinem einwandfreien Charakter zu erfahren. Nun, ich bin das Paradebeispiel eines seriösen Mieters. Ich zahle meistens pünktlich meinen Mietzins, ich mache keinen Lärm und schmutze nicht. Natürlich wird der eine oder andere das Gegenteil von mir behaupten. Bitte, schenkt diesen Despoten keinen Glauben, auch dann nicht, wenn sie behaupten, ich würde mehrmals in der Woche mit dem Sepp auf der Horizontalen nach Hause wanken. Oder man sagt gerne über mich, ich würde der Julia ständig den Hof machen, was für eine dreiste Lüge! Nicht ich, sondern die Julia sendet mir einen Liebespfeil nach dem anderen. Was in Gottes Namen sollte ich tun? Vielleicht im Treppenhaus laut um Hilfe schreien, um dann als Weichei dazustehen?

Diese Dame schleppte mich jedes Mal wie einen Sack Kartoffeln rauf zu ihrer Wohnung, was dann geschah, brauch ich wirklich nicht näher zu beschreiben. Genau, Sie haben richtig geraten, ich wurde von diesem sexbesessenen Monster wie ein Stück williges Fleisch auf das Bett geworfen und anschließend wurde ich von der Dame übel vergewaltigt. Ich wehrte mich und schrie um mein Leben, vorzugsweise ganz, ganz leise, ich wollte doch keinen im Hause um seine verdiente Nachtruhe bringen!

Wo denken Sie hin, ein anständiger Mieter tut sowas nicht!

Nach diesem unseriösen Missbrauch stand ich des Öfteren bewaffnet mit einem Blumenstrauß und einer edlen Flasche Sekt vor Julias Wohnungstür und bat sie, mich weiterhin zu missbrauchen. Und Beide Julia und ich, schrien und stöhnten für alle, die hören konnten, die ganze Nacht hindurch ein lauschiges Gutenachtlied. Und unsere Nachbarn?

Weil es denen so viel Spaß bereitete, uns beiden lustigen Vögelchen beim Poppen zuzuhören, hämmerten sie mit dem Besen von allen Seiten im Dreivierteltakt an die Wände.

Bitte rückt mich nicht in ein negatives Licht! Ich wurde schließlich zur Unkeuschheit gezwungen!

Mir bedeutete diese Aufgabe pure Nächstenliebe, bei Julia aber war es reine Befriedigung ihrer Triebe!

Wie Sie sehen, besitze ich einen einwandfreien Leumund, anders als bei meinen verruchten Nachbarn.

Ich hoffe, dass ich euch meine Umgebung so beschrieben habe, dass ihr euch ein plausibles Bild darüber machen könnt.

Jetzt wisst Ihr Bescheid! So läuft es in einem ungeordneten Affenhaus! Und wie ich vor kurzem erfahren habe, wurde in unserem Haus gerade eine Wohnung frei. Na, wie sieht es aus, haben Sie Lust, bei uns einzuziehen! Frauen sind bevorzugt, ich will doch weiterhin Nächstenliebe praktizieren!

Mich würde es freuen!

22 Der Puff-Handwerker

Johann, ein fleißiger Handwerker im Installations-
gewerbe, wurde mitten am Tag von einer Dame ans
Telefon gerufen. Er sollte einen
ungewöhnlich heiklen Auftrag übernehmen. Wo? Im
ortsansässigen Bordell, sehr nobel, aber ein verkommener Sündenpfuhl.

Dort leckte der Wasserhahn, was schuld war, dass
die zahlende Kundschaft bei ihrem Liebesspiel nicht
den nötigen Rhythmus fand. Und diesen versifften
Wasserspender sollte Johann reparieren. Also sprach
unser Handwerker am Telefon zur Managerin des
lasterhaften Hauses:

„Jawohl, Fräulein Judith, ich werde sehr gerne Ihr
Problem mit dem tropfenden Wasserhahn beheben,
aber ich kann erst gegen Abend bei Ihnen sein."

„Aber Herr Johann, das ist überhaupt kein Problem
für uns, montags ist sowieso kein allzu großer Be-
trieb in unserem Haus. Wir alle freuen uns sehr,
wenn Sie uns bald besuchen und das unharmonische
Tropfgeräusch beseitigen. Wir halten gerne etwas zu
trinken und ein leckeres Abendessen für Sie bereit!"

Also ging unser Handwerker Johann sofort nach seinem Feierabend zu jenem Etablissement, um den
störenden Misston ein für alle Mal zu beseitigen.
Auf seinem Weg dorthin musste Johann auch an seiner Straße vorbei. Dort erblickte ihn die streitsüchti-
ge Metzgersfrau, Frau Rafflinger, wie Johann geradewegs zu jenem verruchten Gebäude ging. Mit einem Fernglas erkennt diese alte Hexe, wie Johann an
der Tür zum größten Schandfleck der Stadt läutete
und zu seinem Pech auch eintrat. Bei diesem Anblick bekam Frau Rafflinger das kalte Grausen.

"Ja, da schau her, der alte Saubär Johann geht ins

Puff, dabei hat er doch eine so gut aussehende und ehrliche Ehefrau! Das werde ich ihm gehörig versalzen, diesem Perversling. Das muss ich sofort seiner Frau erzählen, dass ihr sauberer Gatte im Begriff ist, einen Seitensprung zu begehen!"

Johann ließ sich von der Puffmutter Fräulein Judith vorbei an den wunderschönen Damen, zu dem nervenden Wasserhahn führen. Bei all den schönen Grazien des Hauses bekam er einen heftigen Schweißausbruch und sein Gesicht verfärbte sich tomatenrot. Seine Frau konnte mächtig stolz auf ihren Johann sein, denn er blieb, trotz mächtiger Verlockungen, standhaft. **(Ich weiß nicht, wie ich in einer solchen Situation reagiert hätte!)** Doch der treue Handwerker konzentrierte sich mit all seinen Sinnen nur auf den tropfenden Wasserhahn. Mit einem Auge blinzelte Johann dann doch das eine oder andere Mal nach den lecker aussehenden Liebesdamen. Jedes dieser Luder provozierte ihrerseits unseren Handwerker, immer wieder mal zu Ihnen hin zu schielen. Manchmal gaben sie ihm den Rest und liefen kokett splitterfasernackt an dem stark schwitzenden Johann vorbei.

"Nein", dachte sich unser Johann, „meine Damen, ich werde nicht schwach! Ich liebe nur meine Frau, und Fremdgehen kommt für mich nicht infrage!"

Mit geteilter Konzentration arbeitete Johann weiter an seinem Wasserhahn. Aber der eine oder andre Blick blieb unbemerkt an den Damen kleben. Viel zu schön und attraktiv waren die Heldinnen, die hier arbeiteten. Nach anderthalb Stunden war Johann mit dem tropfenden Wasserhahn endlich fertig.

"So, mein Guter", sprach die Puffmutter.

„jetzt müssen Sie essen und was trinken, schließlich habe ich und die Damen extra nur für Sie gekocht.

Das Geld für Ihre Arbeit bekommen Sie später."

Die Mutter des Hauses, Fräulein Judith, führte den Arbeiter in ein leeres Separee, wo er ungestört essen konnte. Doch ausgerechnet die tollpatschige Franzi servierte in einem hauchdünnen Tangahöschen unserem Johann sein Essen, das aus Spaghetti Bolognese und reichlich Schnaps bestand.

In dem Augenblick, als Johann den Teller entgegennehmen wollte, passierte durch eine unachtsame Bewegung das ultimative Unglück.

Der ganze Teller Spaghetti mit Tomatenfleischsoße floss über das Hemd und die Arbeitshose unseres Johanns. Das schnuckelige, aber etwas naive Fräulein Franzi war total verstört und entschuldigte sich tausendmal. Da betrat die Hotelmanagerin den spärlich beleuchteten Raum, sah das Drama an Johanns Hose und sprach beruhigend auf den mit Spaghetti Bolognese garnierten Handwerker ein.

„Keine Angst, Herr Johann, die Hose ist gleich wieder sauber und anschließend werfen wir sie in den Wäschetrockner. Sie wird wieder wie neu!"

So saß unser Held ohne Hose und Hemd im Separee und trank den kalt servierten Schnaps und die schusselige Franzi sollte ihm eine nette Gesellschafterin sein.

Aber nun zurück zur bekannten Stadthexe, Metzgersfrau Rafflinger, die eifrig mit Johanns Gattin telefonierte.

„Guten Abend Frau Mayer, ich möchte mich nicht gerne in fremde Angelegenheiten einmischen, aber ich muss Ihnen leider eine schlechte Nachricht unterbreiten. Ich habe Ihren Gatten gesehen und zwar beim Betreten unserer Stadtschande. Ihr Gatte, meine Liebe, ging ins Bordell "Zum lustigen Hühnerstall". Und wie ich ihnen traurig gestehen muss, das schon seit fast zwei Stunden!"

„Wie bitte, Frau Rafflinger, sind Sie sich wirklich sicher, dass es sich bei dem Sauhund auch um meinen Gatten handelte?"

"Aber ja doch, ich kenn' doch Ihren Gatten, so was Unanständiges hätte keiner von diesen Herrn gedacht. So ein Filou und das, wo er doch mit so einer bezaubernden Frau, wie Sie es sind, verheiratet ist!"

„Danke, Frau Rafflinger", antwortete Johanns Gattin, „das eine verspreche ich Ihnen, den Kerl kauf ich mir! Meinem Gatten werde ich gehörig den Kopf waschen! Das Schäferstündchen wird mein Göttergatte sicher so schnell nicht wieder vergessen!"

Mit diesen Worten beendete Frau Mayer das Telefonat und machte sich kampfbereit für den bevorstehenden Rachefeldzug. Mit dem Auto fuhr sie zu jenem Ort, den der Pfarrer in seiner Sonntagsmesse nur als Sodom und Gomorrha bezeichnete. An der Eingangstür zum verruchten Lusttempel schrie Frau Mayer zum Entsetzen der umliegenden Anwohner das ganze Hurenhaus zusammen:

„Wo ist der Hurenbock Johann, mein Gatte? Her mit ihm!"

Dabei packte die wütende Ehefrau die Puffmutter an der Kehle. Unter Morddrohungen gab das verängstigte Fräulein Judith den Aufenthaltsort von Johann Mayer preis.

Jetzt wusste Frau Mayer, wo sich Johann aufhielt. Schreiend lief die hysterische Ehefrau zu jenem Separee, in dem sie ihren Gatten vermutete. Tatsächlich fand Frau Mayer den versauten Johann in einer äußerst unangenehmen Situation. Da saß Johann ohne Hose und Hemd, sternhagelblau mit der leeren Schnapsflasche im Arm auf dem knallroten Sofa. Und zur Freude aller Anwesenden hatte es sich auch noch die fast nackte tollpatschige Franzi auf seinem Schoß bequem gemacht! Dieser schräge Anblick sollte das wacklige Haus endgültig zum Einsturz bringen!

Jede noch so friedliebende Ehefrau würde bei diesem Anblick mit absoluter Sicherheit zur Gattenmörderin werden. Mit einem raubtiermäßigen Satz sprang Frau Mayer auf das Freudenmädchen Franzi zu und zerrte diese an deren blonden Haaren runter von ihrem Eigentum, dem besoffenen Johann.

„Du Schlampe, lass bloß deine Pfoten von meinem Mann oder ich verspreche dir, dein Zahnarzt wird in naher Zukunft Millionär werden!

Und du, mein geliebter Gatte, das eine verspreche ich dir, du wirst heute noch genug Spaß mit mir erleben und das kostet dich keinen Cent!"

Frau Mayer zog ihren wankenden Gatten ins Freie. Dort bekam unser Handwerker einen kleinen Vorschuss auf das, was ihm zuhause blühen sollte. Nachdem Frau Mayers Handflächen zu schmerzen begannen, ließ sie für kurze Zeit von Johann ab. Der durch Prügel und Schnaps behinderte Johann flehte lallend seine Ehefrau auf Knien an:

„Aber Schatzi, ich hab' doch nichts, für das ich mich schämen müsste, angestellt, ich hab' doch nur den tropfenden Wasserhahn repariert und anschließend haben mich die Mädels zu einem Essen und ein paar Drinks eingeladen!"

„Ach geh, du hast also nur den Wasserhahn reparieren wollen, dass ich nicht lache, gib schon zu, du wolltest dein Rohr verlegen. Für wie blöd hältst du mich eigentlich? Du sitzt nackt und zudem sturzbetrunken mit der größten Stadtschlampe im Separee", schrie wütend Frau Mayer.

„Aber hallo, was heißt hier die größte Stadtschlampe? Das verbitte ich mir, es gibt noch viel Schlimmere als mich", mischte sich die beleidigte Franzi ein, hielt aber sofort den Mund, als sie die geballte Faust von Frau Mayer sah.

Dann kam die Puffmutter ins Spiel und gab Johann ein hieb- und stichfestes Alibi für seinen Aufenthalt in diesem Hotel.

„Jawohl, Frau Mayer, es war wirklich nur der tropfende Wasserhahn, für den Ihr Gatte in unserem Hause weilte."

Dann erzählte die Hotelmanagerin Judith der erbosten Ehefrau die Story von den Spaghetti, die über Johanns Hose und Hemd glitten und dass diese im Wäschetrockner trockengewirbelt werden.

„Aber was ist denn mit meinem Mann los, der ist doch besoffen wie zehn Fische in einem Schnapsglas! Und vor allem, was sucht das Flittchen auf seinem Schoß, das müssen Sie mir schon etwas genauer erklären, erst dann werde ich mich beruhigen!"

„Frau Mayer, dafür, dass Ihr Mann blau ist, dafür können sie mich nicht verantwortlich machen! Wir haben uns gedacht, zum Essen würde ihr Gatte gerne ein kleines Gläschen zu sich nehmen. Woher sollten wir ahnen, dass er gleich die ganze Flasche leeren würde! Und was Franzi betrifft, die sollte Ihrem Gatten doch nur etwas Gesellschaft leisten, damit er sich nicht zu sehr langweilt. Doch wie es scheint, ist unsere Franzi nicht ganz unschuldig, was die leere Schnapsflasche betrifft.

Nach dieser Antwort sollte sich Frau Mayer etwas beruhigen und ließ sich die inzwischen trockenen Klamotten ihres Mannes bringen.

„So, du versoffener Sauhammel, auf geht's, wir gehen nach Hause! Dort legst du dich sofort schlafen, ich möchte heute nichts mehr von dir hören, verstanden!"

Am nächsten Morgen sollte Johanns Schicksal mit aller Kraft zuschlagen. Er erwachte mit einem atommäßigen Alkoholkater. Und als ob das noch nicht genug Qual wäre, drehte seine Frau am ehelichen Frühstückstisch den Klassiksender im Radio sehr, sehr laut auf. Mit einer unzumutbaren Oper, die auch noch völlig falsch gesungen wurde, machte Frau Mayer Johanns Leben zu einem schmerzvollen Drama. Und bei dieser Gelegenheit begann sie, auch noch den Teppich zu saugen.

Eine Stunde später: Jetzt als es Johann endgültig schaffte, seine Augen offenzuhalten, dachte er sich schelmisch.

„Wenn ich mir recht überlege, kann ich mit aller Ehrlichkeit behaupten, in dem Puff gab es nur wunderschöne junge Damen. Ich glaube, dort muss ich bald wieder einen Wasserhahn reparieren, nur dann wird es mit Sicherheit etwas mehr als langweilige Spaghetti und billigen Schnaps geben! Das nächste Mal, wird meine Gattin nichts von alledem erfahren!"

Und mit einem breiten und schmierigen Grinsen sollte Johanns Geschichte enden.

23 Zum Buch

Eine Schweinerei ist das! Jawohl, was Herr Deuml hier schreibt, gehört wohl in jene Schublade, die dem Namen des Buchtitels gerecht wird. Aber was soll's? - Mir gefällt, was der Deuml aufs Papier zaubert! Und da ich diesen Lauser seit nahezu secchig Jahren kenne, habe ich mich daran gewöhnt von ihm jedes Mal aufs Neue überrascht zu werden.
Aber wer ist dieser Herr Deuml?
Unser Held darf sich der Tatsache rühmen, der hübscheste Kerl in seiner Stadt und weit darüber hinaus zu sein.
Glauben Sie nicht?
Gut, für einen kleinen Unkostenbeitrag von zwanzig Euro übersende ich Ihnen zu gerne ein Foto, auf dem sich mein Freund Deuml in textilfreier Manier auf einem Bärenfell vor dem Kamin räkelt. Und für einen Hunderter bekommen Sie einen Bilderrahmen mit edlem Goldrand obendrauf. Reicht immer noch nicht? Für Hundertfünfzig Euro kommt der Autor höchstpersönlich vorbei, um Ihnen seine Aufwartung zu machen.
Woher bezieht unser Autor Deuml seine nie endende Fantasie?
Na, aus dem puren Leben!
So ein gutaussehender Herr im besten Alter hat eben Augen für seine unmittelbare Umwelt. Sein ganzes Streben nach Vollkommenheit bezieht sich nicht nur auf sein eigenes Spiegelbild sowie den Gebrauch von Haarspray oder einem formenden Haargel. Seine einzige Aufgabe besteht nur darin, seine von besten Genen verwöhnte Aura der Frauenwelt näher zu bringen! Im Gegenzug nimmt Deuml von den Damen sehr gerne leckere Sahnetorten sowie den einen

oder anderen mit einigen Nullen versehenen Check entgegen. Deumls demütige Bescheidenheit erlaubt trotz ausgiebiger Betrachtungstour im Spiegel so manchen lyrischen Text in edelster Sprachkunst der Menschheit näher zu bringen.

Aber woher also kommt das Wort „Schweinerei", das ich zu Anfang benutzte? So ein unfeines Wort ist wohl nicht der rechte Titel für dieses literarische Meisterwerk! Sie haben ja so Recht! Die einzige Schweinerei an diesem lieblichen Büchlein ist der unverschämt niedrige Preis. Wie soll ein Schöngeist wie unser Deuml seinen Kühlschrank befüllen? Vielleicht mit Ziegelsteinen - damit das Küchenelektroteil nicht umsonst im Raume steht. Der einzige Vorteil einer bis auf den letzten Krümel leer gefressene Küche ist wohl der, dass sich wegen Mangel an Nahrung kein Ungeziefer in Deumls Bude wagt. Und wenn sich doch mal eine verzweifelte Maus darin verirren sollte, wird es für das arme Tierchen sicher sehr eng werden!

Wie das?

Na, weil es keine Maus liebt von einer hungrigen Katze zu einem Nachtmahl eingeladen zu werden. Und bei Deuml stehen zwei dieser nach Mäusen verrückten Tiere als geduldete Untermieter auf seiner Versorgungsliste.

Also, ihr hochwohlgeborenen Herrschaften, tut was Gutes, indem ihr das wortgewaltige Werk von R. Deuml für Euch, Eure Bekannte oder gar für wildfremde Menschen, denen Ihr eine Riesenfreude bereiten wollt, käuflich erwerbt.

Vor allem aber denkt an Deumls Kühlschrank, bei dessen Leere so manches Echo zu hören ist.

Mit allergrößter Wertschätzung für all seine Fans weltweit sage ich im Auftrag des Autors Danke an jeden, der das Werk Deumls bei sich zu Hause im Bücherregal stehen hat.

R. Deumelhuber (Deuml)

24 Zum Schluss:

Um dieses Buch auf die Beine zu stellen, habe ich eine Liste erstellt über so manche anregende Substanzen, an die ein braver Normalbürger nie seine Finger legen würde. Aber es ist nun mal Tatsache, dass ich nicht nur Einnahmen, sondern auch mit noch viel größeren Ausgaben zu kämpfen habe. Um dies zu demonstrieren, lege ich Euch eine Niederschrift aller von mir verbrauchten Materialien - die mir zu mehr Fantasie verhalfen - bei.

Hier die Ausgabenliste:

5 Bleistifte, 4 Kugelschreiber, 10 Skizzenblöcke mit je 50 Blatt, 2 Radiergummis, 1 Brille (die alte habe ich verlegt, und noch nicht wiederentdeckt), 10 Kilo Kaffee, 2 Pfund Zucker, 1 Teebeutel (Kamille), 5 Liter Mineralwasser, 5 Tüten Salzstangen, 6 Tüten Kartoffelchips, 200 Flaschen Bier à 0,5 Liter, 12 Flaschen vom besten Rotwein (die 2,5 Literbuddel für 2,99 Euro aus dem Supermarkt), 2 Flaschen Whisky, 1 Flasche Gin, 150 Aspirin-Tabletten (für die quälenden Tage danach), 50 Kondome (um sich fürs Schreiben neue Anregungen zu holen), 20 Potenzpillen (für den Fall das mir die Gummitüten zwecks Mangel an Standfestigkeit umsonst in meiner Bude herumliegen würden).

Außerdem besuchte ich diverse Kneipen. Und das meine Freunde kostet richtig Geld.

Spätestens jetzt wird mancher Leser verstehen, dass dieses lehrreiche Büchlein keineswegs zu teuer sei. Umso mehr sollte man diese Zeilen gierig in sich aufnehmen und in ein gesundes Licht rücken, damit die Menschheit vor solchen Gefahren, die ich unter größter Anstrengung niedergeschrieben habe, verschont bleibt. Jetzt aber gebt Euch einen Ruck, öffnet eure Herzen und euer Portemonnaie und kauft endlich das Buch!

Hochachtungsvoll
Der am Hungertuch nagende Autor

25 Robert Deuml (Vita)

Robert Deuml wurde als Robert Deumelhuber am 29.04.1958 in Tettnang, Baden Württemberg geboren. Mit fünf Jahren kam er nach Niederbayern genauer nach Landshut. Die Schulzeit Deumls war durchwachsen. Durchwachsen deshalb, weil er lieber vor sich hinträumte als dem öden und knochentrockenen Unterricht zu folgen. Trotz alledem war er sehr beliebt bei seinen Lehrkräften - besonders bei den Lehrerinnen, denn sein Talent zu schleimen sollte im Klassenzimmer einzigartig sein. Daher verwunderte es niemanden, dass seine Lieblingsfächer die Kunsterziehung und das Deutschfach waren. Das Malen von naiven Bildern – Deuml hatte mehrere Ausstellungen in seiner Heimatstadt und in der Münchner Kunstgalerie Charlotte Zander sowie bei Kunsthandel Hans Holzinger, ebenfalls München - ist neben dem Schreiben selbst erfundener Geschichten zu allen Zeiten sein absolutes Steckenpferd. Erst nach mehreren sinn- und freudlosen Aufgaben fand Deuml endlich eine Anstellung am Münchner Flughafen. Seiner Meinung nach ist dies der beste Arbeitgeber deutschlandweit.